鲤 28

Newriting

想象的渐近线：从文学到电影

Asymptote of Imagination

FROM LITERATURE TO FILM

张悦然
主编

中信出版集团 | 北京

图书在版编目（CIP）数据

鲤·想象的渐近线：从文学到电影 / 张悦然主编．
北京：中信出版社，2025. 9. -- ISBN 978-7-5217
-7936-3

I. I217.2

中国国家版本馆 CIP 数据核字第 2025XZ0227 号

鲤·想象的渐近线：从文学到电影

主编：　　张悦然

出版发行：中信出版集团股份有限公司

（北京市朝阳区东三环北路 27 号嘉铭中心　邮编　100020）

承印者：　河北鹏润印刷有限公司

开本：880mm × 1230mm　1/32　　印张：9.25　　字数：148 千字

版次：2025 年 9 月第 1 版　　印次：2025 年 9 月第 1 次印刷

书号：ISBN 978-7-5217-7936-3

定价：59.80 元

服务热线：400-600-8099

投稿邮箱：author@citicpub.com

目录

A 主题讨论

B 小说

C

访谈

D

专栏

E

评论

A 主题讨论

影视与文学：反哺·反噬·反抗

于是 / 文

一个作者的镜像之死

最近有一部电影值得写作者、出版商和电影人共同欣赏——《美国小说》。美国作家柯德·杰弗逊担任编剧和导演，此前他还在新闻业、互联网媒体工作过。影片改编自珀西瓦尔·埃弗里特的小说《抹除》，讲述了一位非裔美国作家因对文艺界盛行的黑人刻板形象不满，故意炮制了一部充斥此类陈词滥调的小说，不料引起轰动，小说版权卖出天价，同步拍摄了电影。在斟酌电影结尾时，在电影导演的撺掇下，主角设想了电影中的作者之死——作者的镜像死于误会，死于观众对戏剧性的渴求，死于对资本的屈服，也死于对文学的现实性的无奈，但最终却让主角本人笑着坐上跑车，离开片场。

毫无疑问，这是极具反讽力的作品，包括影片中用到的“罗诉韦德案”的冷笑话和大法官金斯伯格的画像等细节，也暗示这种现象在性别主义领域同样存在。这类作品充分映照出一个事实：很多即时、优秀的思考在文学之路上被“截胡”了，跳过了文本输出形式，被直接转化为影视。而要达成这样的结果，会拍电影的作者比不会写作的导演更有优势；即时性更强的剧集比电影更有优势。譬如《傲骨之战》若写成小说，必定是很精彩的后现代之作。影视确实催化了文学的去经典化，并催生了更大范围的祛魅。糟糕的是，可能恰如尼采一百多年前所预见的，整体文化的祛魅，会让一个时代陷入一种危险的、针对自己的反讽情绪，并随后陷入更危险的犬儒情绪。

就用这部作品做楔子，来讨论如今的写作者如何在影视世界内外从事文学创作吧。

合体的理想≠理想的合体

电影，从 19 世纪末诞生至今，始于动态影像，迅速结合声音，跃升为视听新艺术。从一开始，影视生产就只能以团队作业的方式进行，随着电影院、电视机、录像机、流媒体的发展，影视创作的商业化程度越来越高。影视索求故事，因而在这一百多年里和文学世界有所重叠，但事到如今，必须坦承一点：从此之后，文学创作者将不可避免地受到影视的影响，文学形式、出版机制乃至创作方式，都已经、正在或必将和影视产业的发展形成互动式的演变。

20 世纪三四十年代以来，影视翻拍经典名著已走出一条康庄大道，每隔一代就有翻拍和重拍，和出版界作品的再版一样，配套推进，助力莎士比亚、简·奥斯丁、夏洛蒂·勃朗特、雨果等文学巨匠的经典化。到了 20 世纪五六十年代，随着欧洲新浪潮运动的兴盛，作家和电影的关系越发紧密，拍摄当代作品蔚然成风，确实推进了电影的艺术化。20 世纪七八十年代后，电影世界的格局越来越接近我们现在看到的样子，大众商业电影承袭好莱坞范式，小众艺术电影不断探索视听表现力、思辨力、想象力的极限。差不多也在这个时间点，当代作家诞生了，涌现了。他们的客厅里都有电视，看电影成为他们的习惯，他们在打游戏、看短视频的生活方式中持续创作……

没有什么理论著作探讨过影视对作家的影响究竟是如何发生的，也没有哪个评论家从作家的影视清单里寻找蛛丝马迹，去评说其文学的风格和技巧。坦白说，这更像一个科学命题——这一百多年间，视听神经元如何与书写和思考神经元互动，形成新的反馈机制？视听艺术和古典绘画、音乐对文学创作者的神经和精神的影响有何异同？影视何以比绘画和文学更深入无意识？反正这一点已成事实：影视和文学的世界已不仅仅是重合，而是互相渗透到了难以厘清、深入潜意识的程度，以至于新一代文学创作者无法在构思和执行的任何阶段宣称自己能甩清影视的影响。虽然常有人说，一流的影视都来自二流的小说，而一流的小说不需要，也不可能变成一流的影视；但新一代文学创作者接受、期待作品被影视化的意愿显然更为高涨了。就在写这段文字的时候（2024 年 2 月下旬），OpenAI 发布了首个文生视频模型“Sora”，“能根据文字描述生成 60 秒的高质量视频，包含多角度镜头、充满感情的角色和高度拟真的细节”。更夸张的预测包括：五年内，不到五人的非专业团队就能利用 Sora 制作一部票房收入超过 5 000 万美元的电影。那么，接下来的问题是：在影视产业的工作模式更新换代之际，习惯了单打独斗的写作者能否更便捷地获得让文字和影视合体的理想成果？

经典的诞生：书影双螺旋共构

合体未必是理想，但值得一搏。作家接受影视产业及观众的邀约，担纲剧本或底本的创作已是屡见不鲜的操作。

玛格丽特·阿特伍德创作于1984年的悬测小说（speculative fiction）《使女的故事》被翻译成40多种语言，曾被改编为电影、戏剧、歌剧甚至芭蕾舞。1990年，由沃尔克·施隆多夫执导的同名电影谨遵原著情节，却拍出了和原作貌合神离的厌女气质。但在2017年，由Hulu、米高梅等公司联合制作的剧集版《使女的故事》火爆全球，横扫艾美奖、金球奖和美国评论家选择奖。剧中使女的一身红袍和所戴的白帽成为当时美国反右翼女权运动示威游行中的标志性符号。原创团队改写、衍生出的故事更像是原著的外传。千呼万唤后，阿特伍德在2019年推出了续作《证言》，勇夺布克奖。有趣的是，《证言》出版之时，剧集尚未终结，阿特伍德有意识地错开叙事时空，以主人公的两位后代的命运为双线结构，构想了基列国的结局，既回答了新一代受众对故事设定的疑惑，也敲定了大团圆结尾。很可能，因为影视化带来的轰动效应，创作者倾向于将一个批判性的反乌托邦故事最终收束于乌托邦式的期待，以便洋溢积极乐观的态度。

续写经典，为影视化做准备——这样的事似乎一直是类型小说家的拿手好戏。《权力的游戏》热播的那些年里，多少人催更，可马丁大叔硬是写不出来《冰与火之歌》的第六卷，活生生输给了影视原创团队。就这次合体的下半程而言，他既是赢家，又是输家。相比而言，尼尔·盖曼的手速更快，精准对标影视需求，《美国众神》的原著作为科幻小说拿下雨果奖，又作为奇幻小说拿下星云奖，再作为恐怖小说拿下布莱姆·斯托克奖，共横扫六项幻想文学大奖。最后，尼尔·盖曼亲自担纲剧集编剧，完成超级大满贯。

事实上，大部分作家对影视翻拍的效果都不满意。斯蒂芬·金的《闪灵》出版两年后就被大导演库布里克拍成了影史上的经典之作，但导演对原著的改写让金大师耿耿于怀了几十年！事实上，他们给出了两种不同质感、不同内核的恐怖。作家用充沛的细节描绘了一位复杂的父亲：饱受创作的压力，勉强承担养家糊口的重任，最终沦陷在酒精和鬼灵中难以自拔。与之相对，导演用精湛、讲究的镜头语言创造了一个足以唤起房屋恐惧症的电影空间：各式各样的鬼灵萦绕于逝去的年代，让本该保护一家人的父亲变成了无法自控的杀人狂。无论如何，电影中的小丹尼太让人难忘了，使得数十年里常有人问金大师：“丹尼后来怎么样了？”于是，金大师开始琢磨写续集，初衷是要回答这个问题：丹尼活到现在已经二十多岁了，他会像他父亲一样酗酒吗？想了许久也没动笔（金大师超忙的），最后是因为新闻中提到养老院里有一只能预知生死的猫，他灵光一闪，飞快地写完了续作，也就是《闪灵》的终结《长眠医生》。同名电影在五年后上映，导演是迈克·弗拉纳根，主演是伊万·麦克格雷格，但没能打败库布里克当年制造的轰动效应。但没关系，反正金大师在续作中坚持了自己的版本，谓之报复电影版也不过分：库布里克让那栋闹鬼的酒店毁于爆炸，但他可以重新把它写出来！

捷径上的跃升与翻车

类型小说一直深受影视青睐。电影语言的进化不仅和导演、编剧的构思有关，更取决于剪辑、特效等实打实的技艺。早期电影的娱乐性、商业性集中反映在选题和视觉效果上，因而首选两种最容易打造奇观的类型文学——恐怖和科幻。法国魔术师乔治·梅里爱致力于创造“剧场中无法实现的视觉奇观”，改进了停机再拍、双重曝光等技术，使电影叙事变得更具想象力。他在1896年制作的电影《魔鬼庄园》是公认的恐怖电影的开山之作，1902年的《月球旅行记》取材于儒勒·凡尔纳的《从地球到月球》和赫伯特·乔治·威尔斯的《最早登上月球的人》，可以说是松散改编（loose adaptation）的开山之作。

在这一百多年里，影视造就了奇幻文学世界的扩张，无论是日本怪谈、中国鬼魅，还是斯蒂芬·金、托尔金、J.K. 罗琳的文本，都得到了影像的返利。还有，比如吸血鬼和狼人，是完全在影视世界里生长、增殖、进化和变异的。创想和演绎都不可或缺，换言之，安妮·赖斯和凯特·贝金赛尔都是不可或缺的，书影共同构成了一个逼真的虚拟宇宙，可容纳创作者对人性、政治，甚至对生态的种种批判和思考。奇幻作品在20世纪达到高峰，催生了一代新人投入更广泛的科幻与奇幻创作。虽然没有数据能证明21世纪AI技术的迅猛发展和20世纪的书籍与影视的滋养有关，但这一定是事实。

走类型小说的捷径，靠影视发财，成功率之高是有目共睹的，因而也有一些作者不以文学为本位，炮制"行货"。下面举一个走捷径却翻车的例子。2017年法兰克福书展上有过一场惊人的竞价，小说《窗里的女人》是一位神秘作者

A.J. 费恩的首作，尚未出版就售出了 37 国版权，作为 2018 年美国书业开年黑马，一上市即登顶《纽约时报》畅销榜，眨眼间就卖出了电影版权。电影编剧崔西·莱茨曾凭《八月：奥色治郡》拿了不少奖项，他也是演员，参加过《越狱》《国土安全》《大空头》《华盛顿邮报》《伯德小姐》等影视作品的演出。电影导演是乔·赖特，凭《傲慢与偏见》《赎罪》《至暗时刻》拿了不少奖。女主角由艾米·亚当斯主演。总之，小说和电影两界都配好了头部资源。那几年，“大女主”悬疑剧最火爆，《消失的爱人》的作者吉莉安·弗琳功不可没。《窗里的女人》就有点像《消失的爱人》和《后窗》的合并项，书名致敬 1944 年好莱坞电影《绿窗艳影》(*The Woman in the Window*)。小说设置了经典的案件悬念，女主角患巨大心理创伤导致的恐旷症，终日足不出户，离不开黑白老电影和酒，却卷入了邻居家的谋杀案。小说的写法酷似剧本，用章节划分了不同场景，对白可直接用作影视脚本，就是那种“除了影视剧需要的文本，别的都不写”的写法。这在小说界并不独特，比如《后翼弃兵》的原作者沃尔特·特维斯在《天外来客》《金钱本色》等作品中都用了这种美式通俗小说的写法，非常好读。从写法到营销，每个环节看上去都很老练纯熟，结果全盘翻车——因为《窗里的女人》的作者原名丹·马洛里，当了十多年编辑，本身就是一位高智商的写作高手，也深谙图书市场的游戏规则。《纽约客》以长文披露他多年来撒谎成瘾、伪造简历、欺骗同事和导师等劣迹，明示他的人品有问题，也暗示了这次图书与影视策划的成功并不光彩……谁能想到，最具戏剧性的并非心理惊悚悬疑畅销书的主人公，而是作者本人？书影界，名利场，一通操作猛如虎，最终身败名裂，可惜的是这位作者本可以就精神疾病患者的生存情况、心理细节和社会中弱势者的现状创作更多作品，如今却只能杳然江湖了。

我们局外人不知内情，无法知晓吞噬马洛里前程的究竟是狡诈、贪婪还是忌妒，但我们可以断定，失败的并不是捷径本身，这件事恰恰反证了这条捷径有多么好走，也证实了影视是如何反哺书写者的。在利益和技艺的双重层面，影视潮流改写了书写的欲望、小说的面貌，以及书市和媒体的接受度。影视世界自成一体，视听语言自有其法，对文字创作者的影响是内化的，也可以是范式化的。马洛里的丑闻之丑不在于作品本身，事实上，他捕捉到了已被证明成功、有效的元素。很有可能，那些也是创意写作课上传授的重点。仿照韩炳哲的说法来看，这是绩效社会鼓励的捷径，追求利益最大化，也会带来必然的怠惰，结果是对写作和影视创作的彻底祛魅，当代创意产业是对创作者和作品的双重物化。毕竟，通过消费改变世界，那将是革命的终结。

保持纯粹的方式

相比类型小说与影视作品，纯文学与其影视化的历程多半是井水不犯河水：作家出售版权，但无权干涉影视改编，这在一定程度上赋予了电影从业人员的二度创作自由，以便让影视更好看、更有风格、更卖座。但也有些纯文学作家喜欢参与到作品的二度创作中，哪怕大家始终质疑好作家未必是好编剧。

比如伊恩·麦克尤恩，他只改编自己的作品，并非严格意义上的编剧。近年来，麦克尤恩的创作主题越来越关注社会伦理问题，主人公也表现出精英化的倾向，譬如《星期六》中的神经外科医生、《追日》中的理论物理学家、《甜牙》中的军情五处特工、《阿姆斯特丹》中的作曲家。2019年的作品《我这样的机器》则以人工智能为主人公。他参与了两部自己作品的电影改编工作——《在切瑟尔海滩上》和《儿童法案》。以后者为例，改编和原著有着微妙的偏差，主人公菲奥娜·迈耶是高等法院的女法官，为人严苛，以睿智、精确和理性闻名，但职场上的成功无法掩盖其家庭的问题：她没有孩子，丈夫意欲出轨。就在这时，她要判决一起特殊的案子：十七岁的男孩亚当由于宗教信仰拒绝输血治疗，命悬一线，控辩双方都给出了理由。为了做出公正合理的裁决，菲奥娜决定亲自前往医院探望男孩……在原著中，作者处心积虑地挑选、展现了诸多案件故事，足以引发读者对当代家庭伦理问题、当代医学和宗教对法律公正性的冲击，乃至英伦社会根深蒂固的阶级性的深思。但电影无法呈现这些亮点，只能含糊且无效地带过去，画面集中在高阶职业女性的婚姻状况，以及与少年的暧昧情愫上……从情节上看，电影对小说的改编不大，但细节改动、加戏、删减社会议题相关内容等都对原著完整性造成了一些损害，最终也伤及了人物形象。然而，编剧就是作者本人，导演也在之前的作品《丑闻笔记》及其他古典题材作品中展现了处理深邃人性、复杂议题的能力，结果却造就了一部不温不火、不轻不重的平庸电影。当然，这部电影绝非烂片，仍能唤起观众的深层思考：我们的道德观、价值观究竟在服从什么命令？裁决自由、幸福的依据究竟是什么？我们能为他人的福祉做什么？原著作家亲自改编显然是对作品的最大程度的保护，但作为大众娱乐内容的电影必须把有解读空间的小说“通俗化”，这是电影和文学作为两种艺术形式的本质所决定的。麦克尤恩的小说的影视化自带风险，文学可以谨慎、紧密地处理复杂的素材，更能游刃有余地动用古典乐、诗歌等艺术元素，但搬到电影上就会显得不自然、不流畅、不紧凑。所以，这种合体只能是局部的、一次性的。

纯文学作家介入影视的方式不一而足，亲自改编只是其中一种。就纯文学而言，小说与影视创作史中，最为纯粹且双方作品皆堪称杰作的搭档，当属克拉斯诺霍尔卡伊·拉斯洛和贝拉·塔尔。他们在将近30年里合作了《诅咒》《最后一艘船》《撒旦探戈》《鲸鱼马戏团》《伦敦来的男人》《都灵之马》，不夸张地说：“没有拉斯洛，就没有塔尔的电影世界。”

有趣的是，拉斯洛根本无意涉足影视，最早还让塔尔吃过闭门羹。这两个人年龄只差一岁，都经历了匈牙利的社会主义时期和后冷战时期，都在年轻时对中下层民众的真实生活有深刻共情，并将其作为自己创作的主题。塔尔的早期电影属于典型的社会主义写实主义作品，实打实地关注工薪阶层的衣食住行，在追求影像风格、打磨技术的同时显然有所追求，相信电影能改造现实。电影《撒旦探戈》让塔尔蜚声海外，也让他社会主义写实主义的风格慢慢走向抽象，逐渐形成极富象征性的镜头美学，并形成了某种偏执——总想把拉斯洛的小说拍成电影，包括把两个短篇小说合拍成一部短片。每次合作，他们都被公认为是联合编剧，但他们没有按照传统的方式去写剧本，拉斯洛更像是塔尔的文学顾问，塔尔用影像去诠释拉斯洛的小说。拉斯洛曾明确地说过："我不是编剧。当然，这些电影几乎都是根据我的小说拍的（除了《来自伦敦的男人》）。我为贝拉描绘出哲学背景，日复一日、日以继夜地谈论这些问题，我们就是这样合作的。我从来都不想进行文学改编，因为这对我来说完全没有必要。我的书不需要改编……我的目标就是帮他发挥想象力。"

拉斯洛喜欢写长句，推进长句中的思索，让人物在内心跋涉，长句里充满了脑内的思辨、自我否定、追问，以及情感的动荡。正如匈牙利文学评论家拉约什·雅诺西所言："他的叙事声音是一种激情的、坚决的、共振的声音，一种漫长的独白，或者说，一种持续不断的语言行动。"很多人都懒惰地认为塔尔的长镜头就是这种长句的影像化，但两者并无可比性：拉斯洛爱写人物头脑里的事，爱写对话和演说，塔尔爱拍人物走路、发呆、沉默、等待、喝酒、对峙。塔尔走向了更具象，事实上也更抽象的表达方式，他的长镜头不只是在转译小说，而且是首先创造视听景观，继而鼓励观众自行脑补人物的内心活动，或索性去翻出原著。朗西埃扎分析过塔尔的这类长镜头，指出“塔尔把物紧紧抓住个体的方式拍成了电影”：场景在人物进入之前即已存在，在人物离开之后依然存在，塔尔描述的是外部世界侵入个体的状态，而不只是作为背景存在的景观。两人的合作随着塔尔息影而告终，拉斯洛的文学旅程仍在继续。纵观文坛和影史百年，如此紧密咬合、精神相通，而且在长达三十年的时间里，双方在各自领域都绽放出非凡精彩的合作实属罕见。更何况，他们的叙事绝不止于对戏剧化的追求，而是在挑战难题——如何表现似无终点的循环、虚无的意义，幻灭的秩序，以及信念和承诺崩坏又重建的历史？另一个长期合作的典范组合在日本，但情况有所不同：林芙美子去世后，成濑巳喜男翻拍了六部她的小说，奠定了他“最懂女人”的电影风格。

纵观影史，盯着一位作家的作品持续创作的电影人真的极少，这和制片制度的局限有关，也和影视创作者的主体心态有关。比如20世纪五六十年代，意大利作家莫拉维亚获得过不少文学奖，还曾15次获得诺贝尔文学奖提名。他的作品对意大利的语言、电影界都产生了深远的影响，多部作品都被翻拍——戈达尔翻拍了《鄙视》，贝托鲁奇翻拍了《同流者》，达米亚尼翻拍了《空白画布》……他像一个宝藏，当时的欧洲电影界旺盛勃发，他的作品催生了各种形式的演绎，比如有左翼倾向的戈达尔第一次执导大制作剧情片就选中了他的小说，但戈达尔并不关心细腻的男女心理，一如既往地对“电影如何生成”这个元命题更感兴趣。片中有一场著名的长达 34 分钟的室内吵架戏，充分反映了戈达尔的电影风格，但没有充分表现出原著中夫妻龃龉的核心。原著中三个创作者对《奥德赛》的解读分析煞是好看，但在影片中无法赘述，基本只表现了主人公对“奥德修斯和珀涅罗珀并不相爱”这一观点的强烈抵触。这些都不影响这部 1963 年的影片载入影史，2016 年戛纳电影节还选中了这部影片的剧照，作为庆祝其 70 周年的官方宣传海报素材。

一个特例

也有不少作家自己实践过书影合体，自己写，自己导，比如徐浩峰和万玛才旦。比如李沧东和韩寒，他们在拍电影之后都不再写作了。又比如侯麦、达内兄弟、伍迪·艾伦，虽是自编自导，但他们不完全是传统意义上的作家，写作于他们而言更像是工作体系中的一个环节。看起来，在能拍也能写的创作者中，能够且愿意在剧本之外进行文学创作的人并不多。

我们来说一个特例——杜拉斯。作为电影人的杜拉斯似乎已被遗忘了，至少，很少再被主流影视界提及。但谁也无法否认一点：几乎没有哪个作家像杜拉斯那样让电影臣服于文学，亲自创作电影以哺养写作。这不仅逆反于通常的做法，还相当傲气地坚持了文学本位。

杜拉斯的电影，这个命题包含了两个谱系，其一是根据其作品改编的作品，但基本上都遭杜拉斯鄙弃，尤其是名气最响的那部——让-雅克·阿诺执导的《情人》。

正是因为电影误读了这个文本，催生了杜拉斯的自我复写，出版了在文本形态上逼近剧本、意识形态上与时俱进的《中国北方情人》。这完全可以视作她对电影《情人》的反击，或者说是强行修正——这和斯蒂芬·金写《长眠医生》的动因完全一致。

几乎从最早被翻拍开始，杜拉斯就对别人翻拍她的电影深恶痛绝，这种痛恨可谓历史悠久。1958 年，克莱芒翻拍《抵挡太平洋的堤坝》，索性把结局改了——悲剧性的母亲去世后，导演让大儿子接班筑堤，从根本上扭曲了故事的批判性。这可把杜拉斯气得要命，从此铁了心，不再放心把自己的小说交给别人去拍。但她并没有排斥影视化，而是更加渴望把自己的作品搬上银幕。1960 年，她亲自参与《琴声如诉》的编剧，并刻意迎合电影对情节、对话的需求，结果弄巧成拙。这是一次必要的教训，让她意识到了电影语言和文学语言的差异，也决定了她后来的音画分离式电影文学创作的本质是反电影的。之后，她不再进行产业意义上的改编，而是把电影作为写作的一部分去执行。1959 年在杜拉斯的书影创作史上是个重要的里程碑，她和阿伦·雷乃共同创作的《广岛之恋》差点儿拿下了 1961 年的奥斯卡金像奖最佳原创剧本奖。

杜拉斯电影谱系中的第二类是由她主创、编导完成的影像作品，每一部电影都有相应的书籍——有些未必能被称为小说，也并不符合专业剧本格式。最具代表性、完成度最高的是 1975 年的《印度之歌》，底本是小说《副领事》，奠定了最具杜拉斯风格的"音画分离"——音轨是单独做成的，不负责阐释画面，甚至未必和画面搭配。她甚至更进一步，把同一条音轨用在另一组完全由空镜和静物构成的影像上，成为 1976 年的《她在威尼斯时的名字在荒凉的加尔各答》。回头去看这组书影，不得不说杜拉斯的视听审美判断力很高级，但最值得赞赏的是电影对小说文本的大胆取舍。《副领事》是杜拉斯的早期作品，写法偏向传统写实，塑造了一个极度抑郁、因失控放枪而遭贬职的男性官员形象，他对拥有众多情人的大使夫人一见钟情，各种苦闷让他时常痛苦地悲号。小说里有一个贯穿始终的配角：女麻风病人，她丑陋，流浪，弃子，却神奇地活了下来，和养尊处优、享有特权却失去生命意义而自杀的美丽夫人形成对比式的镜像，补全了殖民制度的悲剧的两面性。杜拉斯在执导电影时非常坚决，保留了夫人和副领事的形象，只让旁白轻声带过副领事的悲号和女乞丐的存在。此外，她精心挑选了名为《印度之歌》的主旋律，精心打磨了旁白的音调和节奏，用窃窃私语勾勒出热闹的舞会，用催眠般的对白匹配热带氛围中难耐的寂寞与无意义。这种大刀阔斧的改编显露出非凡的自信，这是杜拉斯对自己文本的自信，也是对电影视听效果的自信。

从 1969 年到 1984 年，杜拉斯拍摄了十五六部影像作品，除了《毁灭，她说》《娜塔莉·葛兰吉》《树上的岁月》这几部长片，音画分离之作占据了绝大多数。这些实践让她下了定论：翻拍小说根本是徒劳之举。最有趣的应该是 1977 年的《卡车》，因为没有顺利请到女演员，杜拉斯自己出镜，把“应该拍的一部电影”和男主角德帕迪约口述了一遍，画面在她家和公路间切换。这个文本蕴含强大的戏剧张力，在结尾时的反转令人哀恸，但杜拉斯在讲述中让这种残酷的隐情隐而不现，仅以卡车兜兜转转的画面加以渲染。“我朗读文本完全不是为了加深文本的意义，完全不是。我是在寻找文本的初始状态。”在此，杜拉斯用电影展现了如何拍电影的元电影观念，或者，说得更杜拉斯一点：如何能够做到用电影的形式将电影杀死。

杜拉斯拍电影不是为了挑战电影人。她在制作上固执地坚持低成本、小规模，代表她反对资本主义的政治观，但归根结底，她是出于对写作和出版的渴望、对抵抗孤独的需求而去拍电影的。书写是不可避免的，拍摄是可以避免的，书影共构的实践让杜拉斯愈加确凿地认识了写作的本质，恰如她在《物质生活》里写明的：“写作并不是叙述故事。是叙述故事的反面。是同时叙述一切。是叙述一个故事同时又叙述这个故事的那种空失无有。是叙述一个由于故事不在而展开的故事。”

晚年她打破音画分离原则，拍了最后一部电影《孩子们》。很失败。果然如她所言，她的电影在电影人眼里并不存在。但她在半个多世纪前撂下的狠话——“电影最主要、具有决定性的魅力，就在于对写作的屠杀”“我和电影是谋杀关系”——却能揭示当代乃至未来的部分真相。事到如今，文学改编影视也讲求“转化率”了，越来越多的写作者臣服于影视资本，让小说去讨好影视所推崇的戏剧性，那种做法或许该叫博弈。而杜拉斯的做法该被称为搏杀，不仅用文学反抗影视，还让书影互相反杀。厮杀过后，她判定写作永胜，电影人判定她惨败。事到如今，这样有杀气的书影创作者还能幸存吗？

回到未来：假如有了共同的敌人……

且不说资本的权力压制或诱惑，纯文学作家在这个时代的写作不可避免地会受到影视的内化影响，这在文本和出版节奏上是可以看得出来的。换言之，即便作家不亲自参与影视化，他从创作之初就可能被裹挟到影视化流程中。聪明的影视界不会放过一本好书、一个好演员、一种好技术……在这个体系里，它们和他们和她们都被统称为“资源”（一个不褒不贬的名词）。

我们在等《克拉拉与太阳》的电影。作为诺贝尔文学奖得主，石黑一雄的创作风格和主题不断拓展，但《克拉拉与太阳》和《长日留痕》仍有某种微妙的契合，主人公都以他者的姿态存在于一个家庭里，并在改变他者的过程中完成了自我的升华，而那升华就是自我牺牲。《克拉拉与太阳》和《莫失莫忘》的关联似乎更为紧密，仿生人和AI作为人类的替补品，唤起我们对人性的思考。不能简单粗暴地说石黑一雄的写作风格越来越适合影视化了，但其早期的文风确实更古典、更细腻，结构舒展，节奏缓慢，后期的作品确实更有分镜感，语言也更符合当代读者的（降级）需求。

我们在等《像这样的小事》的电影。克莱尔·吉根的《寄养》被翻拍成《夏日细语》，市场反应平平，但这本来就不是一部商业大片。导演科尔姆·拜瑞德亲自改编，拍出了吉根小说所特有的内敛的张力，完成度很高，成为史上第一部获得奥斯卡最佳影片提名的爱尔兰语电影。《像这样的小事》也是一部用词精简、朴实，但用情至深的小长篇。吉根采用了一个独特的局外人视角，第一次涉及了爱尔兰社会中的阴暗面。电影令人期待的另一个原因是导演蒂姆·米兰特斯曾执导《极地恶灵》《浴血黑帮》《环形物语》《大群》等热门剧集——看到了吗，影视二度创作会带来怎样的刺激感？

我们在等《耐心（赛巴尔德之后）》，想看看《土星之环》会引生出怎样的电影随笔。

我们在等《野兽》。亨利·詹姆斯 1903 年的中篇小说《丛林猛兽》在 2023 年被翻拍成了两部法国电影:《丛林野兽》将人物置于 20 世纪的夜店，年华在音乐和灯光中闪过，他和她等待着重大变化发生;《野兽》则将故事平移到未来，人物想净化自己的 DNA…… 如果亨利·詹姆斯穿越时空到现在，会如何解读这些脑洞大开的翻拍电影?

从文学作品出发，被改编而成的影视只是影视宇宙里的沧海一粟，这个源点可有亦可无，并不是影视创作者必需的“资源”，也未必能保证票房。而逆向的改变是隐形的、持久的，也越来越明显。写小说和写剧本的界限正在渐渐模糊，两种句法在迅速地相互渗透。比如斩获 2020 年美国国家图书奖小说奖的华裔作家游朝凯的小说《内景唐人街》呈现出了一种新型的小说模式，谓之“电影文学”或“文学电影”都可以(还有人介意这种分类或命名吗?)。小说就是剧本的底本，写作时已考虑到日后分镜的需要，甚至根据演员的特质进行特别的书写，越俎代庖地为导演、摄影和剪辑提供了富有创意的运镜、音乐和节奏，乃至对场景、道具的设定。其对白更适合表演，独白也相当克制。从制作角度说，这种以影视为本位的文学文本随着影视立项而壮大，是一整条产业链的源头。从经济角度说，这是高效率的利益最大化操作。但从文学角度说呢？在资本驱动的跨产业文化市场里，假设文学创作者依然有独立的立场，那么文学市场、文学界的立场是否有偏移？游朝凯拥有分子生物、法律和创意写作三种专业的学位，担当过《西部世界》《西游 ABC》的编剧，借着《瞬息全宇宙》火爆的东风，提供了一种已然成熟、打破壁垒的影像化叙事：在讽刺、奇幻的外表下，直指种族、性别等层面的社会不公，将剪辑手法直接运用于叙事结构，在文本中打破第四面墙。

文学的世界博大深远，理论上，容得下所有的墙。

当然也有作家在反抗影视的反噬，花更多笔墨在影视不能及的精神层面，或模糊小说和散文的界限，或放弃线性叙事，或制造文辞轰炸。这种反抗，事实上是在追问文学和其他艺术形式有什么本质区别。这种反抗能否产生更有意义的文学实验？波兰科幻作家莱姆曾这样说：“文学实验成了对那些可以决定社会发展方向的力量的一种反抗……文学之所以能获得历史性的伟大，是因为拒绝容忍人类世界的罪恶。但文学的老对手——社会制度，以及其中形成的人性，都已经被技术的进阶所取代，其去个性化程度已经达到了前所未有的水平。想要批判这种进阶，就有必要在文学中使用一种完全陌生的语言。”[1]

文学和影视就像两条河流，源头不同，但时有交汇，各有各的支流，各有各的壅塞和泛滥，却最终流向同一片海洋。所有艺术形式都在彼此渗透、互相借鉴，在跨界挪用的过程中趋向更大规模、更高层次的合体，这是所有创作者面临的复杂性。不断吸收影视艺术（及其糟粕）的文学创作者每次创作时都仿佛在头脑里导演、演绎、上演自己想象中的故事。很可能，在机械降神的高潮时刻会猛然意识到，那就是或酷似某部电影里的画面。完全陌生的文学语言，很可能，首先要我们从千百年积累的视听系统中解放出来。当影视产业大批量制造具象形象后，文学创作者塑造独特形象会变得越来越难。同样，影视提供的奇观式的刺激场面、剪辑技巧催化的悬念设置也已塑造了受众对情节的期待阈值，小说作者所面临的挑战也随之而来。

但文学和影视最终将面临同一个问题。让我们回到未来：生成式 AI 软件都是在现有书影数据库的基础上用算法

---

1 ［波兰］斯坦尼斯瓦夫·莱姆著，云将鸿蒙、云将鸿蒙二号机、毛蕊译：《技术大全》，北京日报出版社，2022 年。（如无特殊说明，页下脚注均为编者注）

制作影音的工具，暂时不会是创造新语言、新语法的创作主体，但或许能帮助书影合体变得更自由、更民主、更不受资本的挟制。但是，用 Sora 可能提升文本质量吗？不可能。文字生成静态和动态影像的检验标准只能是影像，文字只能沦为被算法解读的“咒语”。人类正在变成视觉系动物，而非更擅长用文字思考。试想不远的未来，创作者和受众都处在夜以继日的影音轰炸中，与其说文学的意义在颠荡，不如说文字、语言和影音都会在数码时代中经受震荡，新一代书影创作者需要和数码、AI 更适配的语言文字系统。未来的大众文艺必定是人机共创的结果，但在那个语境到来之前，文学创作者至少还能坚持一种珍贵的特质——独立思考，独立作业，独立坚持。或许，我们还有一个窗口期可以去发明那种“完全陌生的语言”。

文学改编、第五代，以及这 40 年的变化

梅雪风 / 文

一

改编自文学的电影一直都是中国电影中非常引人注目的一个品类，它天然地具有某种话题性。

这种话题性来自这两个艺术门类的差异性。小说和电影，这两个分别属于 19 世纪和 20 世纪的大众艺术的王者，当它们同场竞技时，总是会引起艺术爱好者的关注。特别是两种文体的原教旨主义拥趸，往往会放大自己拥护的艺术门类的独特性，陷入孰优孰劣的精神热战之间而不能自拔。

而具体到某部电影来说，它天然地拥有两个母亲：原著作者与电影导演。这里面不可避免涉及某种话语权的争夺，它不只是现实的微型政治斗争，也是艺术水准高下的某种角

力。聪明的创作者能够意识到这两种文体的巨大差别，而放弃它在转译或者改编时的所有限制，而某些执拗或者具有某种权力感的创作者，则无法忍受自己的作品被别人改头换面，所以就会出现类似金庸因《东方不败》而放言拒绝徐克改编自己作品的狠话。

对于某些具有极大观众基础或者文化指标性的作品，它的读者会自发形成一种强大的压力，对是否忠实于原著有着吹毛求疵的标准。所以我们也经常能看到某部文学名著被改编后，有人为此发出痛心疾首的呵斥。

一旦艺术进入现实领域，它就进入一种森严的封建等级制当中。伟大的文学名著，拥有着至高无上的地位，对它的重新演绎和阐释，在某些时候甚至需要类似特别证件的许可。别的改编电影，则因大作家（无名作家）与大导演（无名导演）这种不同的排列组合，而有着不同的待遇。导演张番番所在的公司曾买下了大热作家刘慈欣的小说《三体》的影视版权，却无法找到开拍机会，显然很多投资者及观众都认为他无权拥有改编这部科幻作品的入场券。

除了上述文学改编本身的话题性，中国电影中文学改编作品受到瞩目，最主要还是因为其在中国电影中所具有的地位。可以稍微武断地说，自 20 世纪 80 年代初期开始到现在，如果纯粹论艺术成就，最好的电影其实都集中在文学改编上。而论其中的最高峰，则显然出自几位第五代导演。

二

与近现代中国的所有事物一样，激烈的社会变化，导致所有的事物都有着一种激进化的趋向。禁锢是严厉的，当开放时，那种迸发也是猛烈的。浓墨重彩，语不惊人死不休，是文艺界的主流。于是第五代中的陈凯歌与张艺谋，也就躬逢其盛，成为其中的扛鼎人物。

对张艺谋而言，他的激烈是一种单纯的激烈，而陈凯歌的激烈，则是一种分裂的激烈。这从他们选择自己的改编作品也能看出来。张艺谋选择的是莫言的《红高粱》，是苏童的《妻妾成群》，是余华的《活着》。而陈凯歌选择的是阿城的《孩子王》，是史铁生的《命若琴弦》。

张艺谋选择的这些作者，都是浓墨重彩的，莫言的语言就如同涡流，它绵长而猛烈，将你裹挟进他的世界；苏童则是潮湿，在人性那些阴暗缝隙里有一种冰冷的东西在滋长，如同霉斑一样吞噬人的内心；而余华则是锋利，他有着一种粗硬的朴素，和近乎虐待狂的凶猛，他把刀插入人的要害处，总还要不动声色地转动几下，以测试这一刺的有效性。

陈凯歌选择的作者，则都有着内省的特质。阿城的《树王》《棋王》《孩子王》，都有着一种留白的自省，他天然地更接近道家的静观视角，他并不以侵入其人物的内心世界为荣。而史铁生的作品，则有着一种思考过剩的苦味，以及一种沉溺于精神世界后的整洁。

张艺谋善于将原著本来就有的强烈进行视觉上的改写和升级。在《红高粱》中，高粱地成了某种无法被苦难击倒的生命力的象征，它如火焰一样的姿态，与片中的野合、土匪、尿液与酒精，一起构成了对生命野性的赞颂。这种野性，是与中国传统儒家以及后来的体制主流美学所不相容的，于是它成了一曲激昂之歌，对所有精神和现实镣铐有着一种无法无天的不屑一顾。

在将《妻妾成群》改编成《大红灯笼高高挂》的过程中，张艺谋将那种符号学发挥到了极致。在原著中并没有被特别强调的环境，一跃而成了整个电影的主角，整个院落的封闭成了整个中国传统礼教压抑的象征，横平竖直的线条是森严规律的显影。那红红的灯笼照亮的是权力的荣光，那摄人心魄的槌子的响声，则是权力噬咬人心和人性的魔音，而那间无人靠近的房子，则是道貌岸然的世界消灭异己的明证。苏童笔下那如泥沼一样的腐烂，在这部电影中成了盛大的驯化和毁灭仪式。

同样如此的还有《活着》，这部余华告别先锋作家符号的转型之作，也被张艺谋赋予了一种反其道而行之的视觉和听觉强化。在这部电影中，所有的宏大叙事都以一种非常沉默的方式到来，无论是从幕布划出来的刺刀，还是士兵漫山遍野地向下倾泻，伴随着的不是喧嚣，而是一种异乎寻常的安静。这种安静，让时代的巨大触手顺手就将人的命运颠覆的突兀感变得异常强烈。

张艺谋在改编方面，有着一种视觉化并简化一切的天才。这种视觉化，也让中国电影在那段时间异乎寻常地偏离了讲故事的传统，视觉造型在某种程度成了当时中国电影的潮流，画面在那一刻超越了故事，成为电影的重心。

三

与张艺谋的单纯相比，陈凯歌钟爱的是矛盾。当张艺谋努力纯化自己的意象时，陈凯歌则在意象的暧昧与悖论中不能自拔。这也是陈凯歌本能地选择了那些精神化作品的原因。

《孩子王》中，陈凯歌放大了小说中“山里有座庙，庙里有个和尚”这个故事，让它成为故事的核心。原著小说里人物的无奈，在这部电影中成了一种文明陷入死循环的绝望，扣人心弦的覆盖银幕的伐木的声音，则更像巨钟一样，宣告着整个文化根基被破坏的广度与深度。阿城本身的清淡，与陈凯歌的浓烈；阿城的平实，与陈凯歌的正襟危坐，在这部作品中催生了有效的化学作用。

由《命若琴弦》改编的《边走边唱》，则表达出一种更为精神化的痛苦。理想的虚妄，与理想的不可或缺，这个终极悖论在这部电影中以一种寓言的方式被提出来，陈凯歌让片中人物在黄河边要与中国历史的痼疾来一个了断。史铁生的思辨能力与陈凯歌的壮怀激烈对撞，形成的是这样一部试图要审判中国全面历史的野心之作。

陈凯歌改编的最著名的作品，是来自香港通俗小说作家李碧华的《霸王别姬》。陈凯歌的精英气质，硬生生地拔升了李碧华原著的调性。他将一个传奇故事提纯为一种灵魂的挣扎。在这部有关中国现代史的电影中，一切固有的东西都被打上了怀疑主义的标签，一切都显示出它的两面性。理想主义，闪耀着的是一种病态而纯洁的光芒。十恶不赦的恶棍，在某一刻也有着他的高贵。阴柔的往往是最坚强的，最刚强的内里其实是一个屄货。所谓的爱国，可能只是一种怯懦的从众。而看似投敌的人，往往还有着一种大众无法消化的赤诚。台上与台下，戏里与戏外，时间的洪流之中与之外，正与邪，真与假，激情与毁灭，意义与虚无，整个历史就是如此庄重而又错漏百出。一个理想主义者最好的结局，就是自我了断，把自己强行留在自己的乌托邦中。

四

如果说张艺谋是在从最底层的角度来看待整个中国文化传统对于人性的压制，那陈凯歌则是从一个精英的角度俯瞰中国文化内在的空虚和混乱。而第五代的另一位导演黄建新，同样醉心于这种文化批判，只不过他比前两位更为微观，他是深入到日常生活图景之中，然后从那种微观的角度去观测中国体制运行的内在秘密。

相较于前两位或冷酷或澎湃的激情，黄建新有着一种理科生般的冷静和精细，以及一种抽离在外而生出的幽默感。他的几部知名作品也几乎都改编自小说，《黑炮事件》《背靠背，脸对脸》《站直啰，别趴下》《红灯停，绿灯行》《埋伏》无不如此。

他的电影都有着一个极小的切口和故事发生的环境，故事往往发生在一幢单元楼里，一个小的文化馆里，一个练车班，甚至是一座水塔上。中国的权力游戏，从来都不只是庙堂之上的喧嚣，而且是上下一致的同频共振，中国社会中的每一个个体都处在中国的权力结构之中，主动或被动地成为其中的一个棋子。生活从来都是政治，人际交往就是政治斗争，在中国的环境里，每一个人都是政治动物。黄建新的电影都隐秘和清晰地指向了这一点，从这个角度来说，他后来拍摄《建国大业》也并没有脱离他真正擅长的领域。

另一位热衷于文学改编的重要创作者，是无法被归类到第五代或是第六代的姜文。他对于历史有着长久兴趣，到目前为止，他所拍摄的几部电影，全部都落脚于中国现代史的各个时间段。而他最大的特点，就在于他的语不惊人死不休，他总是能找到一个重述历史的绝佳角度。姜文的天才和良心，都在于他从不被流俗所主宰。

他最知名的两部电影《阳光灿烂的日子》和《鬼子来了》，分别改编自王朔的《动物凶猛》和尤凤伟的《生存》。凡是有关“文革”的题材，在其他的创作者眼里，那都是阴霾和苦难，但在他的镜头下，却是一群大院子弟无法无天也无所事事的撒野和漫游。在别的创作者的镜头中，抗日战争就是正面战场和敌后战场的各种厮杀和流血，而在他的重述之下，还可以是一群自以为聪明的普通百姓，最终把祸火引向自身的悲剧。

在《阳光灿烂的日子》中，当片中的特殊历史时期，与青春期、春梦如此紧密地联系在一起时，它其实已经表明了创作者的态度。而当片中的讲述者也自我否定自我的叙述时，则表明了导演的另一层意思。历史的叙述在姜文的电影中显得如此不可靠，丑化他人和美化自我的欲望太过强盛，你对真实越渴求，你虚构的欲望就越强烈。在姜文看似不可辩驳的雄性气质之下，是他对于所有叙事本身的深刻怀疑。

在《鬼子来了》之中，姜文几乎是鲁迅附体。所有的村民，都似鲁迅笔下的阿Q、祥林嫂，他们虚荣自大、胆小自私、自以为是、自我加戏、自我麻醉，在作茧自缚的道路上孜孜不倦，在自我挖掘的坟墓边浑然不觉。

与别的创作者将匕首和投枪掷向了那些巨大无朋的名词不同，姜文更愿意将手术刀朝向自我。在他的镜头下，历史的悲剧并不只是一种纯然的弱肉强食，在加害者与受害者之间有着一种更为复杂的互动关系。

五

虽然第五代的艺术成就在某种程度奠基于文学之上，但由于这是电影的主场，加上改编者本身逼人的才华，最终从社会知名度来说，这些小说作家更大程度上被这些电影所成全，至少电影让他们获得了更广泛的知名度。只有一位小说作者例外，他就是王朔。他的小说被改编成电影后，我们记住的更多是王朔，王朔不只是电影创意的来源，还是观众看这部电影的理由。

如果说上面所说的这几位导演，无论原著作者风格多么鲜明，但在改编为电影后，我们仍然要承认这些电影是属于张艺谋、陈凯歌的。而改编自王朔小说的电影作品，则更多仍然带有王朔的印记。

其中的区别在于，无论是苏童、余华，还是莫言，他们的风格更多源于他们的思想、题材和语言风格。而王朔除了这些，他的一大特点，在于他笔下那些独一无二的人物，在于其行为方式以及说话方式。这些人物的状态相当迷人，所有的改编者都看中了这一点。而这个特点太过鲜明，以至于无论怎么被改编，最终只能被视为复述或者模仿。

由王朔小说改编的影视剧，成了中国文学改编中风格独特的一支。他的作品中那些人物的痞气，不只是他作品中人物的性格，也是他作品内核中最重要的元素。这种痞，本质上就是与主流价值的不合作，而这种不合作，并非一种泾渭分明的拒绝，而是一种以退为进的隐晦的自我坚守。它是一种低配版的魏晋风度，它是用轻微自毁的方式来破坏那种无处不在的虚伪，要让那庄严在它那不正经的坦率中局促不安，用一种蔫儿坏的方式来让伟大出糗。

而这种痞同样也是一种诚实，是对自我缺陷的不遮掩，是对自我欲望的忠实。所有的这一切，内在最深的是一种严苛的道德洁癖，它的诚实让它无法道貌岸然地站在道德制高点上，也无法对这个世界的虚伪一笑置之。最终它就在这样一种别扭的状态中表达它的不适。

这种痞气，极大地削弱了中国电影一直以来的那种不苟言笑的酸腐气，让中国电影呈现出一种更为接地气的生动活泼。而王朔骨子里的纯情，则又赋予人物内在一种相当多愁善感的特质，这两者加成，让他有着超出许多别的作家的观众缘。这也是冯小刚——这位王朔在电影圈的合作伙伴兼风格继承者，后来在中国商业片领域大展拳脚的原因。

六

在 20 世纪八九十年代的文学改编风潮后，中国电影在 2000 年左右也开始进入商业化的真正爆发期。也是从这时候开始，严肃文学改编电影日渐衰微。当商业成为第一优先考虑元素时，严肃文学那些最为人称道的东西，在某种程度上就成了绊脚石和累赘。它在主题上的深刻，以及文体上的创新，都会让观众人数指数级地减少。

悲哀而又正常的是，第五代知名导演也开始放弃他们那些由改编电影所开创出的新世界，他们开始拍摄原创的商业电影。但在这时候，他们也开始显出他们在文本能力上的短板。

最为明显的例子就是张艺谋，他的第一部商业大片《英雄》就完全丧失了他以往电影中的老练和锐气，他似乎不具备讲好一个通俗故事的能力，所以只能在电影结构和形式上刻意求新，最终整个电影成了老套教条和风景明信片的一种怪异集合体。这种在商业时代渴求讲好一个故事的努力，最终成了张艺谋的一种执念。到了后期，他甚至近乎走火入魔，疯狂的节奏和无尽的反转，成了他对一个好故事最优先的标准，也成了他电影的一个标签。

而陈凯歌也没有好到哪儿去，他过于繁复的思考，和他过高的站位，成了他创作商业电影的最大拦路虎。在严肃电影领域显得魅力十足的深沉的寓言性，在大众眼里成了装逼的别称，那些形而上的思考，则是空洞的代名词。至于他那些过剩的激情，则被大众骂为矫情。《无极》在大众口碑上的失败，其实更多是这种高高在上的姿态的失败。希望普通观众乖乖交钱，同时又要带着谦卑和恭顺，确实是一件难度不小的事情。

当第五代普遍开始在商业片领域开疆拓土时，第六代开始了他们在艺术上的高光时刻。就在 2000 年左右，娄烨拍出了《苏州河》，贾樟柯拍出了《小武》和《站台》，而王小帅则推出了《十七岁的单车》。相较于第四代和第五代，他们显然有着更强的原创能力，或者说他们更适应原创剧本。由于他们晚于第五代出道，他们没有经历过第五代凭借艺术电影就站立在所有聚光灯下的虚荣，所以他们也就比第五代更容易接受那种始终站在边缘处的冷清。也因为没有经历 20 世纪八九十年代那种文艺可以带给人超额关注度的时期，他们也就更有在冷板凳上坚持的耐心。

文艺改编再次成为整个电影界的热点，其实应该要到 2015 年左右，在此之前的两年，中国的两位最知名的大众小说作家郭敬明和韩寒，先后推出了他们自编自导的电影《小时代》和《后会无期》。

这一次，文学力量再次大规模影响电影界，且与第五代引领的上一次潮流有着本质的区别。一是上一次的主流是严肃文学，而这一次的主流是类型文学。二是上一次更多是电影界主动向小说家们取经，以获得灵感，而这一次是小说家们主动要将自己的影响力在另一个更大的商业平台上放大和变现。于是文学改编电影走势在这近 50 年里，走出了一个哑铃形状的趋势。在前面，第四代、第五代的那些优秀电影，在艺术上扩展和革新了中国电影的疆域，而在最近十年则是类似《小时代》《鬼吹灯》《流浪地球》《三体》一类的电影，这些类型文学改编电影成了主流，也成了现在商业大片的风向标和某种程度的票房保证。

纵观这 50 年的文学改编历史，我们越发能感受到第五代的文学改编高潮，其实可遇不可求。

它是中国文艺和世界主流艺术隔离数十年后相遇的必然结果。西方艺术的新思想，如同岩浆一样注入了整个文艺界。巨大的时代变化，导致的是巨大的问题，导致的是整个社会结构和思想的巨震。在一切都被重估的巨大热望之下，电影以其巨大的能量以及新的形式参与到这个巨大的文化运动之中，于是每一部电影都似乎在开辟一个新的方向，每一次尝试都能搅动当时的舆论场。

而反观现在的电影，我们能看到是一地鸡毛的碎片化，商业的伟力让一切都变得速食、易消化，反叛和反思不再是一种内生的欲望，而只是一种时髦的包装。在这样的时候，去谈电影的兴盛是奢侈的。类似第五代时那种电影的兴盛，或者说改编自小说的电影的兴盛，只能待到我们觉得整个时代需要被重估，也有这种空间被重估，同时我们有新的思想资源且有能力重估的时候。

快去挥动那面大旗
——艺术诸形态的话语争夺

刘书亮 / 文

艺术家们乃至整个大众文化工业常常是“吃着碗里的，看着锅里的”：电影要有文学性，漫画要有电影感，绘画的笔触要充满“韵律”，音乐和歌曲则要让听者在脑中浮现出丰富的画面来……这样的说法简直不胜枚举。

不同艺术之间始终存在着一种既竞争又合谋的特殊关系。每种艺术形态都期望着向其他形态突破，借用他者的技法、效果来丰富自身的资源库。此即所谓“出位之思”（一个颇为著名的美学概念），是各类艺术媒介相互借鉴和越界的状态。

从较小的方面说，出位之思是作品偶尔为之、用来标新立异的“花活儿”。《蜘蛛侠：平行宇宙》与《蜘蛛侠：纵横宇宙》就是动画电影向漫画“出位”的典型，里面成功挪用了大量旧纸媒时代的漫画视觉形式。电影画面中，那些处于摄影机、视点景深范围之外的区域常会呈现出重影的感觉，带有品红和青色的边缘轮廓。很显然，这模仿的是彩色漫画书印制时常用的 CMYK 四色印刷工艺。在印刷时，四种颜色（青、品红、黄、黑）如果有对版的位置错误，纸上就会出现重影。更不用说影片中那些漫画式的分屏，以及时常酷炫地从银幕里炸出来的漫画字幕与特效了，它们都是从漫画借来的。不过，这样的作品毕竟算是非常特立独行的……若是让大批动画都把美术设计和视效调校得跟万花筒似的，这并不现实。

有些带有较强作者性的艺术家会持续使用和模拟其他艺术门类的手法。日本的鬼才漫画家藤本树就在自己的作品中把电影技巧玩得颇为娴熟。《再见绘梨》大胆地蓄意置入了许多重影画格，来模拟摄影机的运动模糊或显像损失等。《蓦然回首》则通过同构图的漫画分格，硬是做出了类似电影跳切的效果。我看到这些用法时，是颇为震惊的。

从更宏观的层面上讲，艺术形态之间的相互影响，还会不断推动艺术史的演进。手冢治虫在漫画界的一大贡献就是将电影式的视听语言引入漫画，确立了一整套全新的表达方式。漫画由此向前迈进了重要的一步。我曾在出席一次活动时评价，手冢治虫或许算得上是“漫画界的格里菲斯”，我认为这一说法绝不夸张。而在数字游戏界，小岛秀夫贡献了类似的力量。他打造的“合金装备”系列凭借游戏 3D 化的技术东风，通过视点、视角的精心设置以及大量的过场动画让游戏带上了浓重的电影感，也深刻影响了之后的无数游戏。小岛秀夫是个资深电影迷，由他做出这样的尝试并不令人意外。

如果把视野进一步打开，我们还会发现：一种艺术对另一种艺术的影响甚至可以出现在作品的内容之外。在漫画发展史上，图像小说的诞生正是如此。

概括来讲，图像小说指的是这样一类漫画作品：篇幅较长，主要面向成人读者，更多地蕴含严肃主题、社会批判与个人反思，以书籍而非期刊或报纸连载的方式出版。1978 年，威尔·艾斯纳《与神的契约》在作为书籍出版时率先冠以图像小说之名。1992 年，阿特·斯皮格曼的《鼠族》荣获普利策奖，更是奠定了图像小说在整个市场内的地位。所以，与其说图像小说指代了某类作品，倒不如说它象征着某种态度。图像小说实际上是美国漫画史上的一次文学化运动，或至少是积极尝试贴近文学的运动。它代表着漫画期望得到和文学书籍一样的待遇，以便跻身艺术的殿堂。艾斯纳那一代的漫画家不断思考的重要问题，若是套用今天的话来说大抵是：漫画真的只能服务下沉市场吗？敢不敢来点更高的精神追求？漫画出版物难道不可以跟文学作品一样，堂堂正正摆在书店里吗？

实际上，动画领域在21世纪有着类似的普遍期望，尤其在中国：动画不只是给小孩子看的，动画也是一种伟大的艺术……诸如此类吧。所以你看，图像小说是带有正面色彩之价值判断的词眼，愿意承认动画是艺术，这也是一种价值判断，意味着它是某种“好的东西”。当人们经常喜欢用“艺术片”与“商业片”去完成对所有影视作品最粗糙的分野时，这种价值判断就已经明晃晃地摆在那里了。

作为后分析美学的重要代表学者，乔治·迪基曾为我们区分了艺术的类别意义和评价意义：仅仅描述一件物品是人工制品，便是其基本的类别意义；而说某件作品是艺术品，倘若意味着肯定跟赞许，这则是其评价意义。后者在许多语境下有着举足轻重的地位。“艺术”一词甚至通过各种奇奇怪怪的方式频繁出现于日常生活中：言谈举止的艺术、企业管理的艺术、烹饪的艺术、教育子女的艺术……在这些我们已经司空见惯的说法中，艺术指代的是广义上的“优秀”和值得褒扬、学习的品性。艺术成了一种隐喻，一种文化修辞。

让我们说说“出位之思”。符号学家赵毅衡对它的表述是“对另一种体裁的仰慕，是在一种体裁内模仿另一种体裁效果的努力”。不过在我看来，说仰慕倒还不如说是通过仰慕去完成同化和收编，是借了他者之力来帮助自身开疆拓土。

有关动画与电影之间关系的例子，更为极端，也尤为有趣。动画圈里最常出现的一类老生常谈的论调是：动画具有高度的假定性和综合性；动画有极强的想象力和夸张感；在动画里一切皆有可能……但别的艺术难道就完全没这些东西吗？我对此表示深深的怀疑。反正这些论调被吹嘘了这么多年，也依然没能让动画在广泛的意义上被大众承认为一门独立的艺术，这项艰难的事业只勉强算成功了一小半。大约十年前，我就在自己稚嫩但用词生猛的硕士学位论文里写过：主流动画影片虽然总是标榜自己的造型多么夸张和奇特，视觉形象如何与真人拉开了距离，可它们几乎无一例外地沿用了实拍电影的视听语言体系，以镜头及其关系作为核心的思考维度，那么就不可能真正挣脱实拍电影的影响。以大众视角审视，电影工业早早就收编了主流动画，让它降格为自己的一个子类别，跟喜剧、悬疑、传记、动作、科幻等相并列——IMDb 和豆瓣这类影迷平台都是用这类方法划分的。鉴于主流动画已经活在实拍影像的阴影下，上述划分确实是主流动画公允、恰当的归宿。电影利用动画，扩充了自身的版图。

不难发现，整个艺术场域都处于规模巨大的话语争夺之中。而且，就算这里不停上演着竞争、合谋与收编，每种艺术形态仍都在强调自己的自律性和独特性。里乔托·卡努杜早在一百多年前就通过“第七艺术宣言”帮助（实拍）电影抢到了“第七艺术”的名号。后来的电视则是所谓“第八艺术”。近年来，数字游戏与漫画一直在争夺“第九艺术”……这简直演变成了一场论资排辈的游戏。我很想知道这个队伍究竟能排到多长。

游戏扛起“第九艺术”大旗的关键契机之一，是“游戏学”的创立——这是个通过拒斥其他艺术门类影响以便确立自身合法性的典型例子。在世纪之交，一批游戏学者激烈地反对利用叙事学（以文学理论为悠久传统）的路径去研究游戏。他们创立了游戏学，坚称“游戏不是一种叙事”。在我看来，他们诚然对游戏领域的研究侧重点进行了一定程度的纠偏，但其立场也必然窄化了我们对游戏的想象与思考。不管怎么说，游戏在艺术圈里自立山头这项工程可谓异常成功。

总之“艺术”这个词可真是魅力无限。诸多光环都围绕在艺术的周围，把这个词本身包裹得金光闪闪、美艳动人。得到这个词就仿若一次加冕，代表着艺术场域内的某种权力。艺术之名号又如同婚礼上一束漂亮的手捧花，它被抛得高高在上，为此大家都不免抬起头注视它。各个尚未被普遍承认是艺术，或仍处在边缘位置的创作领域，正像是参加婚礼的诸位单身且渴望美好爱情的男男女女那样，希望能够抢夺到它，仿佛获得它就意味着有了一份具备保证的、格外值得期待的未来，并得到大家的祝福。但实际上，在承认了某门类作品作为艺术的地位之后，其实该门类下创作者的创作本身并不会受到什么实质影响：（实拍）电影是艺术与否，并不能改变电影中的蒙太奇本质；动画是艺术与否，也不能革新动画的运动或变形规律。一个令人稍显难过的事实是，即使单身男女抢到了手捧花，他或她的爱情生涯也不会有什么决定性的改变，不会因为抢到手捧花这件事而得到异性的垂青。“艺术”只是一枚主动索求而得的标签罢了。必须承认，对许多看客来说，抢夺手捧花的活动无非是种娱乐项目。

当然，一旦这个标签在手，你就可以把它当成一面崇高的旗帜，举起来挥舞。它将在路易·阿尔都塞所称的“询唤”作用方面大放异彩：例如“第七艺术”就是每个电影人共享的呼号，是值得自豪的闪亮徽章。由此，艺术是一场神话，它有能力塑造坚实的共同体，吸引更多人跳进这个领域从事创作。出于这样的原因，艺术场域里的话语争夺永远不会停歇，而是会一直持续下去。

最早来的是火

贾行家 / 文

一

最早来的是火。头顶有日光，影子在脚下，万物显形。那是最早的人知道的唯一的火，尽皆完足。至今，影棚里的灯光效果，以及好设备的标准，还是模仿至今在头顶燃烧的光。是枝裕和的《步履不停》常被拿到学院的课堂上作为典范讲，理由之一，是影棚布景的光居然和外景自然光真伪莫辨。其实，灯光师尾下荣治在足够亮的自然光上又补了一层灯光，给真添加假，才平滑过渡到彻底的假。

我问一位很有本领的画家，什么会令他束手无策？他不假思索地答道，是拉斯科洞穴壁画，应有尽有，尽皆完足，使人绝望。毕加索说过一样的话："我们什么都没有创造。"

我们今天知道一个画家怎么把一切形体简化成圆柱、圆锥和球体，知道他的笔触怎么让阴影加强或消退，而不知道的是，一两万年前的艺术家是用什么眼神打量世界的，当火炬照亮她或他的脚下，是什么样的感知在转递，又经过“什么样的锤子，什么样的链条”，倒映于石壁之上。或者，那团从日头里点燃的火，从来不曾在她或他的心里熄灭过?

随即到来了故事。埋葬了死者之后，剩下的人在夜里围成一圈，他们发现篝火可以把影子吹到身子后面去，让眼前只有对面这个正在嬉笑的、活着的人。那么，讲故事吧。年长者开口时，翻来覆去地讲那几件事，故事成为最初的纪年方式，因为热病发作死了七个人的那年、我们袭击了河对岸部落的那年、我猎获大角鹿的那年。于是，有了历史和虚构，人在故事里活。食物丰足时，他们招待远道而来的人，作为交换，那人讲起这一路上的见闻，于是，有了传奇，人在想象里活。我们今天能知道的第一个故事来自十万年前，就是各个神话中都有的七姐妹星的故事。数万年前，我们的古人目睹这个星团的七颗星逐渐变成了六颗，然后携带着相同的小妹妹从天上出走的故事，离开非洲，走进世界上的各个角落里，开始彼此遗忘。

于是，要有建筑，要有雕刻，要有音乐和舞蹈，要有诗歌（我以为，在这个说法里，戏剧可以从诗歌引申的文学中间独立出来）……电影是排在第七位的艺术。有位作家虔诚地说：电影不能和文学比，语言是给岁月以文明的工具，而电影只是玩具。直到他跑去拍电影之前，我都轻信了这个说法。

电影到底是什么？答案不是艺术，艺术是谜。不妨从这个问题说起：为什么电影院还没消失？

有个说法是“电影是生活事件”。一部电影可以直接制造议题，乃至成为一个纪年：它上映的那年、它的续集出来的时候。你要进到影院里去看，要决定和谁看，要承担看不下去的后果，也是在完成自己的生活事件。年轻人看一部电影的成本，约等于相一回亲。

我喜欢的说法是：电影得以成立，是因为完成了表达体系。“艺术形式”被并置，就是因为各自的系统是独立的，它们分别以空间，以语言，以观看，以声响，以活动光影或以身体行，也各有一套“语法”。就像用音乐模仿视觉体验和语言表达是对音乐的扭曲，真正的音乐会摒除那些因素，会让写作者感慨文字的模糊和有限，而反之亦然。就像电影人谈论文学性，不能理解为电影是文学的从属，只是文学这个形式来得早，如果后来的作者没出息，文学性就会进入其他形式。

电影不会消失，在于完成了这样的系统。影院不会消失，这不见得是政治视野下的公共空间和交往行为的说法，也不见得是由于巨幕和音响如何难以便携、家用，只是因为影院是这套系统中的要素，如同读者是写作的要素。这个说法也适于解释为什么电视看起来消亡得比来得更早也更慢的电影快，为什么报纸比出版衰落——因为信息传播远比表达体系贪婪和绝情。

这套移动的系统里还有什么？终归还是不能类比。当下最重要也最贵的画家之一——大卫·霍克尼回顾道："图画在 1900 年前后有很多发展，立体主义、抽象主义、野兽派……不过，当时的电影看起来比一切图画都激进，因为它真的在动。"

画出来的画面是在表述绘画者看见了什么，以及其决定所见中哪些值得表达。绘画者用涂抹出来的阴影表述自己对于光影（火）的印象，使印象从平面里现出立体的世界。我梦想发财以后去买的好画，都是摆脱了"叙事性"，也说不出好在哪里的画。

银幕上的光是从正面或背面投来的，是平的，或者用更可感的形容，是"闷"的。在这个表达体系里，重要的是景别、视角、焦点、剪辑、切换……以及一切之后以及一切之中的时间。很多好电影几乎只说了时间这一件事。

另一类要素是人在这一百年里发生的变化。电影被认为是后神学时代产生的唯一一个艺术表达系统，而科技哲学用上百年完成的论断是：科学和技术不是外在于人的东西，而就是人本身。这个原本收缩的视角，眼下正伴随着令人不安的人工智能现实而急速放大。我们至少知道，看过电影的人，和生活在拉斯科岩洞里的那些与自然连绵为一体的人，早已不是相同的人。我们和他们的关系，也许还没有他们和野牛亲近。我们在借着电影窥测我们正在变成谁。目前的威胁是，这个镜像日益空洞，影院也随之变得乏味，只有便利店一样的有编号的影厅在日夜播放着漫威垃圾，我们再也找不到由内行选片的独立影院，再也找不到通宵播放老电影或者色情片的小影院。我们也不像过去那样看电影，当人们在黑暗中欲望蠢蠢欲动时，确切地知道自己会被夜视监控拍得清清楚楚。竖屏视频是丑陋的，那不是人的视野，也不是人的关系。爱情片已经消失了几十年，我们正在彼此遗忘。

进行中的艺术创作，几乎只能是当代艺术，要么是被伪装的艺术。如同一切对过往的阅读，几乎都在推敲当下问题。

二

连续几个时代里最优秀的头脑被电影机这个新玩具蛊惑，使它成为炙手可热的商品，成为拥有独立系统的艺术，进而，使它开始影响书写。在 20 世纪八九十年代，中国大陆的文学阅读里出现过一次“新小说”热潮，通向一套被称为“视觉派”的方法论。当时有个中国先锋派的年轻名家，写过一本小说，大约就叫“在夏天读《嫉妒》”。卡尔维诺挖苦说，他很羡慕那些法国同行，永远能随口说出自己正属于哪一个新潮流派，坐拥哪些理论。我那时看写“嫉妒”的那位法国小说家的集子，心想与其这样费力地写，为什么不直接拍部电影？翻到后记，他已经拍了，也和他的小说一样，既有名又没几个人看。

观众不难发现哪些导演平常喜欢阅读，难以摆脱文字感受，而哪些导演从一开始就专注于活动游移的光影本身。最简单的理由是，他的“出身”是个编剧（或者本就是小说家），还是摄像、演员……或者更干脆，从一开始就是导演。

文学和电影的关系，往往被直接描述成改编问题，或者说是写小说和写剧本的问题。我前面说了那么多，要强调的是，这是系统间的差异。即便在文本内部，也有系统差异。

布罗茨基骄傲地宣称文学的本质是等级制，“一位散文作家从诗歌中学到什么？依赖一个词在上下文中的特殊重力；专注的思考；对不言而喻的东西的省略；兴奋心情下潜存的危险。诗人又从散文中学到什么？不多：留意细节；使用普通说法和官僚语言；以及（但极少见）基本的创作技巧（这方面最好的老师是音乐）……散文无非是诗歌以其他方式的继续”[1]。这段话也意味着，目标越宏大越可能沦为笑话，一个尝试写诗的人，更难以直接从诗歌中领受荣耀。

比利·怀尔德抱怨，钱德勒能写出那么锋利、优雅的对白，却搞不清写剧本的常识：第三幕推进不下去，是因为第一幕就有问题。这些简明的方法差异，指向了我们刚刚谈论过的时间。戏剧可以转化成电影，小说可以转化成电影，几乎没人对电影做形式转译。我小时候因为娱乐稀缺，倒是有过用电影屏摄改编的小人书和电台播放的电影录音。这背后的主要原因当然是毫无商业收益，在操作上的困难是，戏剧和小说里的时间，和电影里的时间大不相同。戏剧里的时间近似生命仪式或政治仪式中的时间（这取决于是不是一出好

1 ［美］约瑟夫·布罗茨基著，黄灿然译：《小于一》，上海译文出版社，2021 年。

戏）。仪式是用于身份角色转换或重申某种秩序的，那是一种生活之上的时间。而小说可以建立不同的时间维度。当读者以不同速度翻阅，停留在某一页，或者跳回前面的某个段落时，就像《星际穿越》里掉进五维空间的宇航员，故事中的时间也不再是日常的样子。据说在《低俗小说》之前，没有编剧敢像昆汀这样，使用“先给出答案，再公布问题”的结构，这是在颠覆编剧赖以为生的时间理论。

再多说两句音乐和绘画。音乐和戏剧体验有相似之处，就是日常之外的、稳定的一过性。而绘画和摄影的不同在于，照片于瞬间完成，丧失了时间纵深，所以摄影家要想出其他方法增强作品里的空间感。比如杉本博司拍的《剧院》系列，用一部电影的时间对一座老电影院的大银幕进行超长曝光。画出来的画，则完全无法与其表达的主体处于同一时间层面。画画的传统手艺，让画面叠加了画家头脑中形成经验的时间，以及被观看连带出的个体经验时间。吕西安·弗洛伊德会用折磨模特几个月的方法画一幅肖像，他需要把对模特的观察、在交流中获取的信息以及看到的面部细微变化都一层层地堆积在画面上。我们在画展上，可以留意一幅画到底是对着模特画出来的，还是对着照片画的。

马尔克斯曾在电影学院就读，曾经花一年时间写了一个剧本，最后被剪到只剩下一个镜头：一个杀手在补袜子。他认为自己被电影强大的视觉效果蛊惑了，以致他的早期写作在呈现形象和强化视觉体验上做了过分努力，小说的魅力恰恰存在于含混和有限。网飞（Netflix）最近拿到了《百年孤独》的改编权，然而又能怎么样呢？

马尔克斯还发现电影和小说之间存在另一种基本差异：电影是群体创作。我们能想到的和导演近似的职业，比如建筑师，都易于产生暴君人格，或者更凄惨，是昏君的人格——这大多是因为幸运地取得了一次本人配不上的成功。

这也是“人在这一百年里发生的变化”。我们从电影代表的组织结构里，越来越多地看到人的彼此妥协、彼此损害，有时候也可能是彼此增进。我见过的最杰出的电视剧是《风骚律师》，它由一个杰出而稳固的团队，通过一种个体无法实现的精密复杂方式完成，所抵达的娱乐性和文学性都令人叹为观止。

最后来说说这些导演中的暴君或昏君。我们从很多电影里看到，爱电影和爱拍电影是两回事。我们可以从李安的电影里看到他内心有某种不确定的爱在闪烁，但是从他柔和的冷酷里，不大知道他爱什么。在《色，戒》里有一次明确的闪现：王佳芝穷困窘迫到极点时，还要设法到影院里看电影，在进进出出的观众中间，只有她一人衣衫破烂、面带菜色。电影自诞生之日就被比喻为梦，也是从那一刻开始，小说陆续不再被比喻为梦了。在那部悲哀的电影里，我们清楚地看到当时的李安心无挂碍，完全被电影本身所迷惑。

当火第一次被带进洞穴，石壁上跳动人的身影时，就是如此令人着迷。也许，我们根本无法具备直面真实的能力（或者念头），我们只是在不断更换石壁上的投影。

问卷讨论：

文学与电影的二重奏

1. 哪位作家对你的创作影响最大？回顾这位作家的写作，哪个部分对你产生了影响？

耿军（导演）：看小说是我的一个爱好，国内不少作家的全部已出版作品我都读过。创作时间长、作品多的是余华先生，他的小说有种特别的语感，简约又丰富，肮脏与洁白同在，下狠手和悲悯不露声色，很吸引我这样的读者。他把传奇和逸事都换成一个语气，看他的小说会落泪，会狂笑，会低声不好意思又渴望跟朋友转述。余华先生小说里人物命运的悲怆感会对我产生影响，间接补充了我的一部分人生观。

郭爽（导演）：王家卫《花样年华》与刘以鬯《对倒》的关系

给我很多启发。前者与后者的关系，准确说不是改编，而是缘起、激发和再创造。“对倒”这个意象、书的内容与结构，加上刘以鬯的人生与其中传奇性的部分，是《花样年华》故事、人物这些文本性建构的基础。在此基础上，导演以视听完成了一次了不起的创造。他不仅创造出周慕云、苏丽珍这对伟大的人物，让两人如影对倒，也在讲述一场情感际遇的尺度内，完成了对人生、命运、爱、欲望，以及记忆、失落甚至未来的叙事闭环。而做到这些，导演完全是依靠天才的视觉把控完成的。“完美就是不可削减一分”，《花样年华》是完美的。而看了《花样年华》，对《对倒》产生兴趣的人，可能会发现，小说与电影完全不是一回事。王家卫像是钻到了《对倒》的书写时代和作者写出又未写出的地方去，完成了自我的表达。也可以说，《花样年华》最终与《对倒》关系不大。这种与原著的差异，或许正是电影真正成功之处。导演已经不只是采撷了花的香气，而且是摄取了花的灵魂。

龚万莹（作家）：伍尔夫吧。她在我心里是位强韧的女士。作为写作者，她一直挑战自己，在每本小说中都试图去写些新东西。比如《达洛维夫人》里的心理流动，《奥兰多》对时间的折叠，《海浪》里灵魂的自我抒发。读她的文字，我常觉有幸，除了作为她的读者，我也从写作者的角度敬佩她。

此外，她的语言是敏感的、美的、富有韵律的。把《达洛维夫人》那段写伦敦大街的原文读出来，每个字都叮叮咚咚的。更别说她文章里（不论是长篇小说、短篇小说还是散文）随处喷溅的诙谐和智慧。她写小说时，站立的位置距离我们不远，经常就贴在读者的耳边说话。这也是我爱她的原因。

韩帅（导演）：米兰·昆德拉。好像是反复阅读《不能承受的生命之轻》的过程中，第一次确信了小说、电影这类所谓的叙事艺术中，最重要的价值是叙事背后神秘的、不可捉摸的音乐性。开始影视创作后我才发现，追逐这种抽象的精神性感受的过程，就是寻找“电影感”的过程。

李阳（导演）：虽然很想亮出加缪、卡尔·萨根之类高级的名字，但静下心想，对我影响最大的作家，还是已故的漫画大师鸟山明先生。他非常善于描绘动作场面，画打斗章节时，很少用到对白或旁白。如果给一位盲人读《龙珠》，持续五分钟只能听到“咚”“咣”“啪”之类象声词的情况将是家常便饭。我讲故事时，总控制不住地喋喋不休，但其实很希望自己也可以创作出仅靠“咚咣啪”便能引人入胜的段落。

赵德胤（导演）：三十岁以前，我很喜欢陀思妥耶夫斯基，他有点主观且偏执。他对笔下人物的描写非常细腻，唠叨又重复。当我阅读他的小说时，时常在我快要不耐烦的前一刻，突然被拖进他小说的人物世界里，之后沉浸在那个人物的世界里，长久离不开那个世界。他对于每个角色的“长篇大论”，让我学习了对角色的分析和观察，这些观察和分析直接影响了我初期拍摄电影的方法。陀氏的拍摄法很适合用在纪录片拍摄上，当我们有足够的耐性粘着一个人物，拍摄这个人物重复的生活时，不管这个人物的生活是什么样子的，日积月累就会提炼出一种感觉。我说不出来这是什么样的一种感觉，但这种感觉跟阅读陀氏的小说时的感觉很像，那可能是最接近文学的一种影像描写。

迈入四十岁后，我重新认识马尔克斯，重新阅读他的小说，或许能从他的小说里学习到一些东西。客观的叙事和独特的影像美学或许并不会妨碍戏剧性和故事性。

麻赢心（导演）：博尔赫斯，虽然我读得并不多，但我总记得《环形废墟》那篇写的：“在那做梦人的梦中，被梦见的人醒了。”也许和他失明有关，我常常感到他的脑海里有一个曲折又广阔的世界，里面有人决斗，也有可能是和自己决斗。他把这个世界当作唯一的现实，然后自己在里面孤独地行走。我也常常有这样的感觉，甚至可以说，《鹦鹉杀》也是这样的电影。

沈大成（作家）：有三部小说给了我同一种类型的影响：赫尔曼·麦尔维尔《白鲸》、乔治·佩雷克《人生拼图版》、科马克·麦卡锡《天下骏马》。

有一年，我认真读了《白鲸》，过程中我总在想，赫尔曼·麦尔维尔哪来的耐心反复写海浪、船上的桅杆，以及人鲸激战？第二年，我读《人生拼图版》，再一次想，为什么乔治·佩雷克的耐心也如此好？他乐意表现细部，比如一件事是“女助理做剪报”，他就没有遗漏地写下做剪报的每个步骤。当他让一个人看一张桌子，他会将其视线触及的静物全部写下来，附带它们的来历。又过了几年，我读《天下骏马》，其中一长段，写的是牛仔为驯服野马在它们身上结绳子，我当时难以置信地对着这里连看三遍，又一次想，科马克·麦卡锡怎么了，他为什么要花时间写结绳子？绑马的一系列动作如果用影像表达，可能是三下五除二的事，但用文字写绳子在马的各个部位绕来绕去，我觉得很不好写，写好了，它的作用也仅仅是一段“给马结绳子”。另外，相信译者翻译这段时也会特别辛苦。

他们三个人不感到麻烦或者累吗？

我是这样想的，作家这么写，有时是有意炫耀技术和能力，但根源是他们对小说的认知，他们认为自己的小说在这里的精度应该如此。

的确，每个作家都有他的 dpi[1]，即他认为文字应被处理成的分辨率。作为读者，我们可以根据独特的 dpi 辨识出作家，找到喜爱的、对自己眼睛好的作品。作为一个也写作的人，我得到的启发是，有时调整、突破自己常用的 dpi，可以得到一篇不太一样的作品。

尽情地，而且是井井有条地描述有秘密的场面——海、外国人的桌子、野马——总是对我有强烈的吸引力。我自己也很喜欢对一个完全虚构的场景详加描写，尽量落实它。

索耳（作家）： 托马斯·伯恩哈德。如果是作品层面，影响

1　英文 dot per inch（点每英寸）的缩写，一种用于衡量分辨率的单位。

我的是他那种夸张、极致的人物和事件构造，以及叙述上对“音乐性重复”的运用。但他作品之外的部分对我影响更深。写作本身是把作品和现实、人格连接在一起的行为，他恰好做到了，文如其人，两者是如此地不可割裂。某种程度上这让我迷恋又羡慕。因为我不可能复制他的生活经历和生命体验，我想像他那样旗帜鲜明、毫无保留地批判和控诉一切，但我做不到。我只是出生在中国南方偏僻之地的孩子，温顺且孤僻。无形中，我依然会把他当作一种精神导师（spiritual mentor），对些许能触及的现实，做一点慢性的抵抗。

宿颖（作家）：我想最直接、具体的影响还是来自爱丽丝·门罗，因为她让我知道了情感的微妙可以作为小说探寻的对象，从此我开始向内寻找，终于有了可写或者说想写的东西。

坦白说，在门罗获得诺贝尔文学奖之前，我并不知道她，那一年我正好报了一个写作班。宣布获奖结果的那一天，我们的老师，一位可能和门罗年纪差不多的白人老太太无比激动地向全班宣布了这个喜讯，从老师自豪又满足的神情里，我多少能感受到门罗对于英语文学世界的影响。

现在再来谈论门罗，其实我有点不知道该说些什么，我没有资格谈论。她的故事书写的始终是在沉沦和清醒之间的那根细线，后来人们发现她只是如实而又富有技巧地写下了她个人的洞见与无知。对于一只在牢笼里的困兽来说，认真画下牢笼，算不算创造？作家用自己的能力探索世界，牢笼是不是世界？我也没有答案，因为我们不是被困在这里就是那里。

滕丛丛（导演）： 弗兰纳里·奥康纳。

她书中每个故事都像是科恩兄弟的一部电影。每个人在善中都隐藏着恶，在恶中也有一点善。这是电影塑造人物最重要的部分。越单一面的角色越嚼之无味，因为我们生活的世界不是绝对非黑即白的，复杂和善恶的灰色地带是最值得探索的部分。

魏思孝（作家）： 韩东。除了他的作品本身，还有他的一些文学观念和对写作的理解。比如关于小说写作，“实际上，任何文学都是‘假’，用写实抑或虚构这对概念来衡量小说都比较虚妄。我们可以说，任何小说都是虚构，都具有强烈的主观和文饰色彩。现实主义强调的不过是‘现实逻辑’，这个是需要反对的，在小说写作中只有小说叙述的逻辑，或者以此为尊为大，反常、怪诞都是小说必不可少的因果构造”。他谈到对 AI、机器与写作的理解，“机器或许比人类更聪明，更冠冕堂皇，更文采飞扬，但没有毛病，没有创伤，没有‘业’，没有偶然性的介入，其价值还是二流的。哪怕是一只陶罐，手工比机器制造的值钱就是这个道理。当然结局可能相当可悲，我们除了个人印记，一切都已荡然无存”。凡此种种，我在韩东的观点的影响下，让自己的小说创作更为自洽，这对我很重要。

张大磊（导演）：赫拉巴尔的小说，朱天文的剧本。二位的作品在轻描淡写中呈现出的孤独感和疏离感对我产生了影响。

郑执（作家）：爱伦·坡。他对人物心理的处理方式及氛围营造是开山立派的存在。因为我读到他的时候年纪很小，影响必定是终生的。

2. 你认为，哪些影视作品成功地将文字叙事转化成了影像叙事？其中最成功的部分和最令你感到意外的部分分别是什么？

耿军：首先想到的是《茶馆》。有几年，连着几个春节期间都会看两部电影——《茶馆》和《东京物语》。《茶馆》是1982年谢添导演的，这版电影和焦菊隐先生的话剧《茶馆》都非常忠实于老舍先生的原著。电影跟话剧的区别是有全景、中景、近景、特写。《茶馆》的电影语言非常朴实，但该有的都有，没啥炫技的视听语言。王利发是好人，是主角，好人主角并不好表现，但原著和电影把这个角色都呈现得丰富、立体。于是之先生的表演让人赞叹，他像我们熟悉的几辈人一样，在社会动荡中承受着不幸。人艺的一众名角，像是蓝天野、英若诚、郑榕、黄宗洛等，演了其他角色。

这部电影最成功的是，我从话剧剧场遥远的座位只闻其声、影影绰绰地看舞台上的人影，到电影这种可以具体观看表演细节的艺术载体的转换。

近些年有个词叫"刻板印象"。这部电影可以说是刻板印象本"刻板"。生动，深刻，有趣，有共情和绵柔的回味。"刻板"了又何妨。

还有谢飞导演的《本命年》，原著是刘恒的《黑的雪》；李杨导演的《盲井》，原著是刘庆邦的《神木》；英国导演乔·赖特的《赎罪》，原著是麦克尤恩的同名小说。这些都是文学改编的典范，还有……有的我也没看过原著。

龚万莹：《银河系漫游指南》转化得还挺不错，有些人物线补强了，比如女主角崔莉恩的情节、心理线都更完整。还有，忧郁的机器人马文，小说中主要把它当工具机器人，电影里其他人与马文的互动更像伙伴，因此在电影版里，其永恒机器牛马的绝望感被减弱了。这个处理背后可以看到《银河系漫游指南》小说和电影两个版本的底色其实是不同的，没有优劣，只是选择。

此外，电影版更注重情节，难免略去许多作者讽刺、思辨的过程。但那个要随身带条毛巾、可能会被迫听外星人念诗、可以在修建宇宙高速通道时顺手把地球给炸了的荒谬世界，居然可以被呈现出来，还是蛮惊喜的。

韩帅：改编自小说《微不足道的生活》的剧集《奥丽芙·基特里奇》。通常来讲，由小说改编的影视作品不得不全方位简化和外化人物、故事、主题，对文学性的压缩很让人沮丧。但这部剧集让我排除了这种“偏见”。最主要的原因是演员。当演员们的面孔、表演及其自身魅力所携带的巨大能量注入叙事的时候，连文字也无法抵达的复杂性和多义性浮现了出来，原来阅读一张脸可能产生的文学价值，并不比阅读一本小说少。

李阳：可以参考我对第 3 个问题的回答。

赵德胤：在电影《告别有情天》里，演员的演绎在某些时刻甚至超越了小说本身。

麻赢心：有很多。比如《指环王》《降临》《理智与情感》《我的天才女友》，都完全呈现了我在阅读时想象的那个世界。《我的天才女友》的选角尤其是个奇迹。

对我个人来说，《色，戒》的改编是特别有启发性的。李安导演看了原小说之后感到愤怒、不解，怎么有人竟敢写这样一个故事。然后他不得不去处理这个故事，以此对自己有更深的了解，最终明白了自己为何愤怒：“王佳芝是女性版本的我。”

具体来说，有几场戏我尤其喜欢。最后在珠宝店，王佳芝选钻戒的时候，小说里写的是“有半个她在熟睡，身在梦中，知道马上就要出事了，又恍惚知道不过是个梦”，以及离开珠宝店之后，她茫然地在街上看橱窗。这些时刻，电影完全拍出了那种入戏很深的伤感，同时又有些“置身其外”的状态，就像是一个人被两种现实暂时解离了。

王佳芝也令我联想到《复仇在我》里的女性角色，一个被母亲和丈夫当作工具、生活痛苦不堪、毫无尊严的女人，当她知道自己的情人是骗子，是杀人犯时，并没有离开他，反而决然对他说：“我们一起去死吧。”但是隔天，她又开始做腌菜，想着和情人一起食用。情人当场杀死了她，当时，她的双手沾满红色的腌汁，像血一样。她那种因为大量的失望而愿意为了一点点温情“毅然”牺牲，同时又永远怀着希望的样子，让我觉得十分心痛。

对我来说意外的部分是，《色，戒》原小说十分入世、老辣，但电影非常纯真。

滕丛丛：《时时刻刻》。

《时时刻刻》的小说是一部意识流文学，致敬弗吉尼亚·伍尔夫，讲述三个不同时代的女人在一天之内经历的事。思维意识通过文字交织在一起，电影版竟然实现了这种意识流，观影的时候感觉自己的眼睛穿梭在三个女性的思维中。非常棒的作品。

童末（作家）： 例子很多。首先想起的，是卢基诺·维斯康蒂改编自兰佩杜萨同名长篇小说的《豹》。还有赫尔佐格改编自毕希纳剧作《沃伊采克》的同名电影。由此还可以提到，安杰依·瓦伊达改编自毕希纳另一部剧作的同名电影《丹东之死》。常常被作为积极的例子的，还有贝拉·塔尔改编自克拉斯诺霍尔卡伊·拉斯洛小说的几部电影。时间较近的，我想起的是锡兰的《冬眠》里对契诃夫的短篇小说的化用，《冬眠》也是“文字叙事转换成影像”的另一种常见样态，即不是整个改编自同名文学作品，而是用典性质地、内在地化用文学作品。我也很喜欢基于莱姆的小说《未来学大会》改编的电影，尤其是动画的部分。由古典文学作品改编成电影的就更多了。

“成功的部分”不一定在于情节上是否忠实于原著，而是精神性的，电影能否以影像来“重写”文学作品中外在现实与内在世界之间的张力，以及人类心灵赖以生存的情感氛围。

魏思孝：一时脑海中想不出来，可能恰好我喜爱的导演并不太依赖文学作品改编，比如科恩兄弟、杜琪峰。或是我喜爱的一些文学作品很少被改编吧。有一些我很喜欢的电影，买来原著小说，都觉得一般。比如雅克·欧迪亚拍的美国西部片《希斯特斯兄弟》，改编自帕特里克·德威特的小说《淘金杀手》；巴里·索南菲尔德导演的黑帮幽默片《矮子当道》，改编自埃尔莫·伦纳德的同名小说，电影是类型片，小说也是通俗的写法。可能科马克·麦卡锡的《老无所依》是个例外吧，科恩兄弟拍的同名电影，我也很喜欢。但要是说成功和意外的部分，也还好，主要是里面哈维尔·巴登塑造的那个变态杀手，的确比小说里的文字要生动许多吧。

张大磊：《反复无常的夏天》、《雪花莲节》、《本命年》和《罪与罚》（1970 年版）。

3. 在你的观影经历中，哪部电影成功地还原了文学作品中的某个场景，或者做出了比原著更优秀的演绎？

耿军：2006 年汤姆·提克威导演的《香水》尾声部分，主人公被行刑的那场戏。电影拍味道是非常难的，而这部电影主要拍的就是味道，视觉感官带动嗅觉感受做得非常有创造力和想象力。尾声部分罪犯转化成圣人，来了一场膜拜狂欢，演绎得无与伦比，观感是兴奋中夹杂着恐惧。

郭爽：安东尼·明格拉版《天才雷普利》里，马特·达蒙饰演的雷普利，悄悄穿戴裘德·洛饰演的富家子迪基的衣服和鞋帽，揽镜自照。镜中突然出现了迪基的面孔和身影。迪基大怒，两人发生冲突。这一幕假借他人衣裳、想要成为他人的戏码，其中无言、扭曲、带着恐惧与渴望的爱意，实在让人头皮发麻。原著作者海史密斯在此处自然写出了神来之笔，但将之影像化，很容易让这一幕流于美。阿兰·德龙版的雷普利就太美了，蓝眼睛，金头发，嘴唇软又湿，观众会被他的美迷惑，忘了他的行为是惊悚的。安东尼·明格拉怎么处理的呢？观众看到马特·达蒙变装、扭动、噘嘴亲吻镜中的自己，惊愕的同时浮动着欲望与恐惧，也许有轻微的恶心。不是这里面的同性情欲，而是人对自我及空洞做出的镜像反应。雷普利太可怜了。雷普利太恶心了。雷普利就是我们自己。这个美国虚构经典中继盖茨比之后第二伟大的人物，被电影呈现出来了。

龚万莹：这个问题让我想到 2005 年电影版《傲慢与偏见》选择用查茨沃斯庄园来呈现达西先生的城堡，那座天光云影里闪着淡淡金色的建筑。还有《了不起的盖茨比》，歌手躺卧在钢琴上的那个奢靡又颓败的爵士之夜，压破的柠檬发出香气，好像可以穿透银幕，人群、亮片与欢宴一直不停。

但是最让我激动的还属中学时期，在电影院看到《指环王》中洛丝罗瑞恩的那刻。护戒队翻山越岭，进入洛丝罗瑞恩，见到水边的精灵女王，爬上那些巨大到可以居住的藤蔓。更别说莱戈拉斯也是帅得要命。我用攒下来的零花钱一次次走进电影院反复看，看了十几遍。不仅是影像画面，《指环王》第一部的电影原声带也极为精彩，不同的族群有不同旋律，族群间时而互相支持，时而交战。那时候音乐的传播介质还是磁带，我每天中午听一遍，晚上听一遍，在音乐里可以把情节再过一遍。不能说影片比书更优秀，我不忍心比较。当电影可以让我们直接窥见中土世界的一角时，就已是巨大的心灵冲击了。

李阳：2000 年的时候，我偶然得知，发表 30 万字就有资格加入中国作协。而那一年，我致力于跟 QQ 上的女孩们聊天，为此产出了至少相当于 50 万字的文学创作成果。我经常把自己形容成一把剑尚未出鞘的救世主，虽然没什么具体能耐，但总有一天，有你们好瞧的！同年，我流连于没有执照的黑录像厅。上半夜看一些台湾翻译的香港武打片，下半夜不得不过目人们点播的黄色录像。只要两块五，就能高兴到黎明。因为便宜，且无须核实身份证，录像厅被苦命人和倒霉蛋当作过夜的旅馆，大家于凌晨一两点相继脱鞋睡去。然后，作为老顾客，我就有权挑一盘自己喜欢的电影。《22 世纪杀人网络》(后来知道叫《黑客帝国》) 演到尼奥第一次以救世主之姿从母体内醒来，独自一人撕开世界的真相时，全录像厅只有我一个人醒着——沃卓斯基兄弟成功地还原了我在 QQ 上向女孩们描述的我自己，甚至比我的原著演绎得更加优秀！

赵德胤：《断背山》和《色，戒》对于原小说里的场景、隐喻都还原得极好。两部电影里的寓情于景、寓情于物让我在观看时感觉“看”到了小说。《色，戒》里易先生的家、王佳芝被枪决时的场地与她在学生时期表演舞台剧的场地对剪时，电影的功能巧妙地达到了文学达不到的“看见”。

沈大成：李沧东导演的影片《燃烧》，绝对是对村上春树的小说《烧仓房》的提升。虽然我不太喜欢把电影和小说混起来比较，不过考虑到《烧仓房》在村上春树的短篇家族中是普通水平，而《燃烧》是好电影，比个上下还是很容易的。

《烧仓房》给我的印象比较普通。因为，村上春树有很多小说都是如此介入一件稀奇古怪的事或一个玄机：1 遇见了 2，2 向 1 讲述了一件有点怪的事，1 离开 2 后浅浅探索怪事，随后把它放下，故事完。

随着我自己也写了一些故事，我太理解为什么写成这样了。

在短篇小说的篇幅里，让一个人直接遭遇怪事，很难写，难在要说服自己和读者“此事在世界上可以看见”，所以要为怪事设置一个“玄关”。作家再写一个人出来，使这个人当玄关，怪事藏于此人身后，就不那么突兀和需要被校验真假了。我自己都很多次用这招儿，那我是小作家呀可以用，你怎么也用这么多次？这个结构用是能用，可有一多半的概率，在我看来，这样有些缺乏勇气，没有充分调用智慧——当然我自己也不例外——所以就谈不上很令我尊敬吧。

而李沧东将玄关做大了。村上这篇小说中的玄关真的是造得非常简单，用他拿手的方式，做一个功能性的开头。李沧东就做得很漂亮、很充实，不仅仅成为一个玄关，是影片的半壁江山，并且也把村上小说中的非现实性分散到前面去，分散到影片的整体中。电影是眼见为实的艺术，对每个镜头，观众都会用自己看过真实世界的眼睛去比对、甄别。完成虚虚相扣，也必须处处注重真实性，无法抽离写实感，这些很难做，我认为比小说难。此外，李沧东喜欢表达对社会的思考，仅就本片来说，他在阶级矛盾议题上的态度，既充分暴露又保持了神秘，原著过于神秘了。另一部韩国影片《寄生虫》则在这方面堪称是个“暴露狂”。

索耳：我会想起 1982 年版《银翼杀手》里罗伊·巴蒂死前那段“雨中眼泪”的独白。菲利普·迪克的小说里并没有这段。这个改编我觉得还挺雷德利·斯科特的，有英格兰老爵士的优雅，虽然有讨好观众的嫌疑，但确实还挺浪漫，死酷死酷的。

宿颖：我没有想到川端康成的《睡美人》能被改编成电影。看到有评论说它是“文字能达到的意淫的极致”，我认为这是贴切的褒奖。小说虚构了一个叫作“睡美人之家”的地方，在那里，那些“已经并非男性的老人”可以同服药沉睡的少女睡上一觉。老人们实际上除了字面意义上的睡觉并不能做什么，而少女始终不会醒来，不会知道老人的存在。鲜活的肉体像尸体一样躺在旁边，引诱老人们释放内心的邪恶，同时又激起他们自身的空虚和恐惧。在生命面前他们感受到的是死亡的战栗。

澳大利亚小说家茱莉亚·李竟然把“意淫的极致”搬上了银幕。据说她原本并没有当导演的想法，只是想要改编川端康成的这部小说，自己写了这个剧本，许多年都没有找到人拍，她就自己拍了。首先我不知道是什么触动了她，让她觉得这部小说一定要拍成电影。其次，我很惊讶的是，她是从熟睡少女的角度来讲述这个故事的，又完全还原了小说中非人性的、不可知的，乃至产生了静谧美感的恐怖氛围。女主角平静地承受着她所承受的一切，这就是最一般意义上的女性的遭遇。在我看来，这是电影对小说主题的偏离，也是这部电影本身的意义。

童末：动态影像方面的想象力和表现力，肯定有文字不能代替的惊人之处，上一条问答中列举的影片，都有许多令人印象深刻的画面或场景。

不过，我们今天的文化生产环境中，视觉媒介已经是主导，文学作品的影视化是否成功，标准不一。举例或解释可能始终会很困难，甚或也不必要。

魏思孝：我现在能想到的是电影《断背山》结尾处的两件衬衣。原文写道："衬衫拿在手中感觉沉重，后来恩尼斯才发现里面另有一件衬衫，衣袖小心穿过杰克衬衫的袖子内部。这件是恩尼斯的格子衬衫，很久以前误以为洗衣服时弄丢了，如今沾了泥土的衬衫，口袋裂了，纽扣掉了，被杰克偷来藏在自己的衬衫里，一对衬衫宛若两层皮肤，一层裹住另一层，合为一体。他以脸重压布料，慢慢以口鼻吸气，盼能嗅到微乎其微的烟味与高山鼠尾草，以及杰克咸中带甜的体臭，然而衬衫并无真正气味，唯有记忆中的气息，是凭空想象的断背山的力量。断背山已成空影，硕果仅存的只有握在他双手中的东西。"[1]

不过再细读这段文字，脑海中努力回忆电影里面的画面，还是没有文字表达出来的动人和细腻。电影画面无法表达小说里面不可言说的部分，比如这段该怎么影像化处理

---

1 ［美］安妮·普鲁著，宋瑛堂译：《断背山》，人民文学出版社，2019 年。

呢？旁白告诉观众衬衫的味道吗？太出戏了。但这已经算是还原场景成功的了。

郑执：其实有很多。但脑子里第一时间跳出来的是《降临》。特德·姜在原著小说《你一生的故事》中对外星文字的描述虽然充满想象力，但难免太枯燥了，然而当电影中出现那个被具象化的“七肢桶文字”的图像时，着实有被惊艳到。

4. 很多文学作品被改编为成功的影视剧，但似乎鲜有从影视改编而来的文学作品成为经典，你认为是什么造成了这种差异？

耿军：电影跟文学比较起来，短板就是电影是具象化的，文学可以有更多的自由想象。我基本不做这个比较，过不同的瘾就挺好。欣赏不同的艺术形式，评书有评书的优势，漫画有漫画的美感。

郭爽：确实如此。从个人的经验来说，越是好的影视作品，如果它是原创剧本，我就越满足于影视作品本身，不会期待它被改编成文学作品。同样地，对于最喜欢的游戏，我也不期待读到根据游戏故事改编而成的小说。

前两年我翻出多年前买的《悲情城市》剧本，想要看看朱天文到底是怎么写的。翻开之后就意识到，为什么我多年前就买了这本书，但当时根本就看不进去（或者看了也根本没记住）。如果是非电影从业人员，剧本的可读性是很低的。曾有一位出版人跟我说过，戏剧剧本比诗歌更难出版、更难卖。可是戏剧剧本已经比电影剧本好读很多了啊！如果要把电影剧本修改为可满足文学读者阅读的文本，啊，那跟从头开始写一本小说需要耗费的心力和时间也差不多，而且还有很大的局限。也有例外，阿瑟·克拉克和库布里克是同步进行剧本和小说的写作的，阿瑟·克拉克还根据库布里克已拍摄出的部分再写了一些。最终，《2001 太空漫游》不仅是伟大的小说，也是伟大的电影。但这太罕见了。

李阳：经你一说，还真是这么个事儿。其中原理我也不懂。我瞎猜，是不是跟说明书和产品的关系有点像，我要先看说明书，再用产品，就会觉得“嘿！使着真顺手！”，但是反过来，产品我自己先摸索明白了，再回头看说明书，就觉得“我特么用你教?!”。

赵德胤：影视作品是极其“算计”“逻辑”“科学”的一种产品（商品），而文学不是。文学的艺术性、自由性远远超越电影。

沈大成：电影的基本语言是影像，扩展一下是视听，文学的语言是文字。两种语言，的确可以在某种程度上彼此翻译。

没有逆向改编的好例子，首先可能是版权原因。从文学到影视剧有成熟的出售版权的规则，逆向的话，我不知道如何处理。就算不考虑版权问题，如果发挥得很谨慎，很忠于影视，那改编后的文学作品比较像注入文学修辞的剧本吗？一部胖胖的剧本？如果发挥得比较多，不就是同人文？如果在胖胖的剧本和同人文这两条界限内写作，我又不知道要如何处理一个创作者的自尊心的问题。我在多大程度上对它负责？可能我会感到这件事很别扭。我们一般在传统中不这么做。

另外，电影在经济中占据的生态位更大，它和文学并非等量齐观的。一部电影中，一个故事只是最基本的，它是许多人一起工作的成果，是跨领域的配合。电影本身能激发科技的发展，提供就业岗位，制造一个金钱池，使金钱向多方流动。一部影片，它的导演风格不要了，场面调度不要了，演员表演不要了，美术和打光也不要了，这些都不要了，只是从中拿回一个故事铺在纸上，可以是可以，好像是培育了一个生化人，而你只要它身上一点点东西。

宿颖：读到这个问题我的第一反应是，确实如此，好像这是一个不成问题的问题，答案不言自明。但如果真要回答，我一时却想不出答案。会不会是叙事效率的问题？毕竟布列松说过："在一幅画面中可放入一个文人啰唆十页之事。"但我发现，事实并非如此简单，或者电影和文学的关系并非如此简单。

布列松的《乡村牧师日记》，与原著小说相比，更具文学意味，小说反而充满了具体的形象。但影片不是对小说内容的简化，而是通过画面与画面之间的关系制造出电影的抽象。这样的改编是经由电影和小说的差异而非共同点来强调小说的存在，巴赞称它"仿佛是用电影扩充的小说"。

另一位我所想到的作品充满文学意味的导演是侯麦，但他在电影与文学的关系问题上的态度却谦逊得多。他说戏剧有自己的文学，但电影剧本本身一文不值。电影从戏剧、小说、专栏文章中汲取题材，但丝毫不回报。侯麦在写下《六个道德故事》时还不知道自己会成为电影导演，但这些小说似乎仍是为电影所写的，因为这里的文学更多是内容而非形式。他的故事在银幕上得以圆满，即便它们在我看来已是绝佳的小说。

所以在这里，改编可能并不是重点，充分认识并利用一种艺术形式的特性，做非其不可的表达才是关键。

滕丛丛：影视相对通俗。讲述的都是情节、故事。观众通过更容易、直接的方式观看一个故事后，不会再通过相对晦涩的方式看第二遍。这是人性。

而文学作品越是经典，越不追求通俗。通俗文学甚至难登大雅之堂。影视改编瞄准的也大多是通俗易懂、故事情节强的文学作品。毕竟这类文学作品数量也够多。而艺术性更强、放弃具体事件的文学作品，也更难影视化，影视受限于太过具体。

魏思孝：可能有野心、有想法的好的小说家不屑于接这么一个不太有创造性的活儿。文学是自由的，把成功的影视剧文字化，也是受限的。从商业角度来说，也不符合流程吧。但我的确有时候看到一部好电影，很想有这么一部原著小说读一读,（觉得那）该有多好。电影《内布拉斯加》和《美国丽人》都让我有这种哀叹。

张大磊：影视作品是更通俗、更直接的感官信息，再晦涩的电影相较于文学也都是通俗且直观的。某种程度上看，从文学作品或剧本转化为视听作品，是对想象力的限定，从影视返回到文学难度很大，想要超越更不容易。

郑执：说实话，我一直不是很理解电影再被反过来改编成文字的意义与必要性所在（除了再赚一笔粉丝的钱），所以不知道该怎么回答。

5. 大卫 · 林奇说过，人生复杂至极，因此电影也应该是复杂的，复杂的影片更接近现实。你认为电影的复杂性和小说的复杂性有什么区别？

耿军：小说的复杂性，电影干不了。电影的复杂性，文字描述起来不太难。作家是一流智慧，导演顶多是三流智慧。

李阳：没想到才第五题我就用上 DeepSeek 了。它说："小说在语义的深海建构意识迷宫，电影在时空的琥珀中凝固情感晶体。”真好，我一生都没写出过像这样复杂且有意义的句子。人类创造的“小说与电影的复杂性”总有一天会被AI复刻，变得不再稀有，于是AI不得不开始讲述“更加复杂又妙趣横生的故事”，人们投身其中，忘了这是一场梦，以为是生活。

赵德胤：从制作的角度来看，电影是时间和空间的游戏，小说可能不只是空间和时间。小说比电影还是要复杂很多的。

麻赢心：我同意这个想法。两者的不同对我来说是，电影一旦进入制作层面，它不是一个人的现实，是许多人的现实的叠加，包括导演、演员和很多参与其中的意志。还有客观条件带来的变量，比如天气。这个过程有点像粒子对撞，反复地撞，以此去检验这一次的尝试会创造或揭示什么。这也是我喜欢电影制作的原因之一，我喜欢和不同的人去碰撞、去产生连接，也喜欢有一些预想之外的事情发生。

索耳：我其实觉得小说可以比电影更复杂。本质原因是小说可以更自由（毕竟是一个人的工作）。另外电影的时间和节奏是固定的，它要求你集中地在几个小时内接受信息，接受导演调动你的感官（主要是视觉），而且是有预设的、编排好的。如果是一本小说呢？可以一口气读完，也可以慢慢读，还可以读一段，悬置起来，隔段时间再接着读。一本敞开的小说，它每一页都是一段时间的轨道。在表现内向世界方面，小说还能更复杂。

当然，这也可说是我的偏见吧。影视是一种急性药丸，小说则是更慢的。视觉对人是一种本能，而语言或文字，被人类发明之始，就有一种誓要以此来容纳、理解宇宙的野心。它确实能解释绝大部分的事物，还能解释一些无法触及的东西，当然，它也有局限，即人的局限。但是和百年光影艺术相比，几千年的文字工具能使用的“复杂”，还是多太多。

宿颖：我认为没有区别。电影和小说都是通过展现现实的可见部分，即冰山显露的那一角，来揭示那些不可展现、不可言说的隐藏部分。当它们都触达了那部分不可言说，即拥有了复杂性，它们就都是文学的。

滕丛丛：走到极致没有什么区别。复杂人性是一个创作者哲学思辨的探索，不管是电影还是小说，都是方法。

比如我很喜欢《燃烧》，李沧东是一个小说也写得很好的导演。《燃烧》改编自村上春树的短篇，探讨虚无，也探讨人性的复杂。电影与小说在情节上很不一样，但是精神内核又出奇地一致。李沧东是一个可以同时使用文学和电影两种方法进行人性探讨的创作者。对于这样的创作来讲，铅笔、炭笔都是工具，哪个顺手用哪个就好了。

童末：同样也可以说，复杂的小说“更”接近现实。这个“更”可能是个伪问题。《尤利西斯》也许会比烧脑悬疑片更接近现实，而《都灵之马》也许会比架空小说更接近现实。

魏思孝：大卫·林奇不是我能欣赏的电影导演，那么我就不赞同他这句话吧。我这人的脑子也欣赏不了太复杂的东西。还是（倾向于）简单直接一点的吧，起码让我能看懂。

张大磊：他这句话我没想明白，似乎也不太赞同。人生复杂至极，电影反倒应该是简单的，越简单越接近现实，空间越大。

郑执：我本身并不完全同意这句话。人生的复杂在艺术作品中终究要用有效的叙事来呈现，那么选择怎样的叙事与电影语言正是编剧跟导演的创造力所在。正面例子我举《薄荷糖》，一个纯良的人是如何慢慢变坏的，这本身就是个极其复杂的人生议题，然而李沧东选择了最简洁、清晰的叙事手段，并且做到了，这是我青睐与推崇的电影观。再举一个例子是今村昌平的《复仇在我》，叙事手段有异曲同工之妙。

至于复杂性，小说与电影各自的审美理应背道而驰，越相互难以转换，越说明秉承了各自的精髓。但就我个人而言，在某种层面它们又是共通的，因为我相信最好的艺术永远是大道至简，不主动排斥任何受众，因此在处理复杂性上，我永远信任最朴素的艺术家。更何况任何艺术的终极诉求绝非只是“还原”人生。

6. 在你的阅读经验里，哪位作家的写作明显受到电影思维或者技法（如分镜、剪辑、节奏，甚至美学）的影响？在你自己的写作中，你是否感受到了这种影响？是否有意识地使用过这些技巧？

沈大成：我有一本喜欢的书，是一本回忆录——约翰·勒卡雷《鸽子隧道》。而且我其实有两本，一本在家里，一本在办公室里，我经常在两个地方随便翻看它。它长达17页的自序我可能看了不下十遍，后面的某些篇目却从来没看过。这篇序的作用是，在我想接近一种顺畅的表达时，它提供谜一样的范本。我至今也没搞清楚，约翰·勒卡雷是怎样把很多事情——好几段岁月，风景与气候，职业与旅行，滑雪与拍电影，从这个人到那个人，对这些人的点评，以及写作观念——连贯地写在一起的，所以在迷惑中一再欣赏它。

约翰·勒卡雷的小说被改编成很多部电影，后来当我翻开最有名的《史迈利三部曲》时，自然地在其中寻找有没有显性的电影技法，但没有，找不到。他的小说语言流动性一样很强。他把小说写得很大很复杂，使电影可以取用他的故事——怎么用，影人自己想办法咯。

说一个人的小说有电影感，是一种好意的恭维，是在表达其小说在其他艺术维度中也有价值。但类似约翰·勒卡雷这样的例子，也说明作家不必强行贴近那种东西。

我自己觉得写作难死了，光考虑写作本身就殚精竭虑了，顾不上还要想什么电影花招儿。但我有一点爱好，也许是和电影思维有关的，我喜欢“片中片”的感觉。我的一些短篇，《烟花的孩子》的开头部分、《沉默之石》里古人打仗的部分、《星际迷航中的一件小事》里编撰师写的词条，还有在《鲤》上发表的《椭圆形午后》里鸭脚男的故事，都是嵌套在小说中的和其成色不同的小故事。我天然地喜欢安排小剧场。如果说包裹小剧场的是真人形象，在我的小剧场里面更像是动画片的质感。

索耳： 我意识到自己阅读经验的匮乏，脑子里想了一圈，还是只留下几个法国新小说派的名字：罗伯－格里耶、让·艾什诺兹、克洛德·西蒙、让－菲利普·图森……受他们影响是必然的。在我早期的写作中，有尝试模仿过让·艾什诺兹，他的那本《切罗基》写得太好了，我认为是状物摹景的高峰。不是有种说法是，写这些所用的是摄像机之眼，要绝对的“零度”，要绝对还原。但我不认为是这样的，哪怕是最本质的还原，我依然能感到作者——一个重新构造后的主体，其目光扫过这些物体的温度。我羡慕于他如何把那些事物的废角边料排列组合起来，使整个故事置于一种流动、轻盈的情境。我确实从他那里学习了很多。

宿颖： 我最近在读安妮·普鲁的《明信片》，意外收获了久违的阅读的快感。读着读着总是不由得赞叹，真好看呀。她的场景都非常有画面感和戏剧性，或者说具有戏剧的节奏？正因为此，我获得了阅读的快感，这是一个好玩的悖论。

童末：可能是杜拉斯，电影思维较为明显地结合到了写作中，或者直接写出了如《广岛之恋》这样的剧本。一些现代作家也曾把自己的知名作品改编成电影剧本，比如罗伯－格里耶、凯尔泰斯·伊姆雷、纳博科夫、福克纳等，但剧本作品和他们的小说还是区别很大。

也许生活在视觉文化更普遍、更强势的当代世界中的作者，不需要有意识地运用电影技法，作品也会有电影感。比如阿莉·史密斯短章节、快节奏的写法，或托卡尔丘克《云游》那样的作品，攫取当代日常生活的碎片，连缀成一种流动的、无主题的文本，很像实验电影。

我的写作没有有意识地去运用电影或图像思维，但视觉想象是本能的，比如构思时会自然浮现某个人物的具体形象，关键情节也会带有视觉氛围。构建场景时，从不同尺度、角度去观看和切换，也会有类似分镜的效果。但对我来说，似乎更强烈的意识反而是考虑如何"反视觉化"：创造通感的体验，如何去写人的内在精神状态，等等。

魏思孝：暂时没发现我喜欢的哪个作家是明显受电影思维影响的。可能明显受电影影响的作家，不在我喜欢的行列。我可能更容易受一些电影的气氛影响，比如我看科恩兄弟、杜琪峰的一些电影，总是内心很舒适，有种疗愈的感觉，但具体为什么这样，我没想明白。不过在具体的写作上，张猛的《耳朵大有福》对我写《余事勿取》里面“卫学金”的章节有影响，都是写三天之内的事情。我在写《王能好》的时候，又重温了高群书导演的电视剧《命案十三宗》《命案十三宗续集之真相》，拍摄手法偏纪录片，又是世纪之交的华北地区的事，对我而言很有亲近感，帮助我唤醒了很多过去的记忆。

郑执：其实也有很多。但最快想到的是科马克·麦卡锡和杜鲁门·卡波特。前者的小说对照改编电影，从故事到台词几乎原封不动，几乎就是电影本身（《老无所依》）。而后者在文学作品中对情节与场景的排置，以及对视角的选取显然跟他本人从事的电影编剧工作有很大关系。典型如《冷血》的结尾处理，就是一个成功案例，它借用了影像对“余味悠长”的理解与使用。再有一个喜欢的编剧跟小说家——向田邦子，刁钻、精简、准确。

我本人的创作，一定也在追求可以贯通文学与电影语言的艺术手段。至于怎样使用，最合适的，就是最好的，尽量不想受到固有的壁垒与成见限制。

7. 有没有哪部文学作品是你认为不可能影像化的？为什么？

郭爽：如果电影工作者足够喜爱一部文字作品，总是能将它影像化的。只是从文学的角度看，问题在于这样的影像化是否能满足期待，是否能给出超出于文学本身的能量。亨利·詹姆斯的小说《丛林猛兽》是我非常喜欢的一篇小说。我知道杜拉斯改编过它，贝特朗·波尼洛改编过它（蕾雅·赛杜主演），帕特里克·奇哈改编过它，但这些电影都不好看。

弗吉尼亚·伍尔夫应该是最难改编的作家之一。但电影《时时刻刻》相当成功。应该说，是迈克尔·坎宁安出于对伍尔夫的爱写出了小说《时时刻刻》，然后史蒂芬·戴德利沿着坎宁安开辟出的道路拍摄出了电影《时时刻刻》。这也跟妮可·基德曼、朱丽安·摩尔和梅丽尔·斯特里普三位了不起的女演员贡献出的一流表演有关。这种平行时空、角色勾连的叙事结构很聪明，但似乎并不可复制。可能关键的一点是，导演（电影创作者）有没有自己要紧的事要讲？而恰好这部文学作品是他的梦中梦？

龚万莹：其实都可以影像化，只是最后出来变得拙劣的概率大不大的问题。影像作品商品属性更强，不考虑投资回报率的话，都能干。

沈大成：没有。当文学作品变成电影，便是换了创作人，买卖成交，事情换手了，不用管原著的死活。

如果认为传统影像表现方法不足以匹配文字中的华彩，那么还有动画，影视手段是很丰富的。

索耳：太多太多了，乔伊斯、安图内斯、因凡特、戈斯波丁诺夫、伯恩哈德、塞巴尔德……甚至华语世界的王文兴、董启章，他们成熟的代表作几乎都是不能影像化的。因为那是语言和叙述的狂欢。一个已经被精心布置好的游戏，你想从中跳出来，把它改造成另一种，怎么可能呢？

童末：诗是不可能影像化的。因为诗主要在不可见的维度中展开、运动，就像音乐。

魏思孝：我觉得没有不可影像化的，只有能拍成什么样子的问题。

郑执：以前大家还认为《百年孤独》是无法影像化的，如今也拍出来了，甚至还拍得不错，所以这种绝对的话不敢说了。或许不存在什么东西是不能拍的，只有成功与失败之分而已。

8. 如果你的作品被改编，你将如何看待潜在的负面或正面效应？

郭爽：束手无策（笑）。

龚万莹：我其实不太清楚所谓的负面效应和正面效应是什么，如何定义？但无论如何，首先要做好心理预设吧，关于作者与作品的距离。作品一旦分泌出去了，就是一块敞开的土地，别人要在上面种出什么花，作者大概干涉不了。

影视改编是基于作品的再创造，应有自己的空间，可能会对作品做变形处理。我的理解是，改编后的作品呈现出来的是影视创作者的内心，不是作者本人的，它们是分离开的两个梦。而观众与读者也会因此对作品产生不同的理解，一方对另一方有所遮蔽、影响，是难免的。

沈大成：负面效应？我想不到。改编不成功，负面效应是属于影人的；改编成功了，双方一起享受正面效应。

索耳：如果改编，很有可能是一个跟原作大不相同的作品。在当下环境里，改编的作品是反原作的情况，也不足为奇了。我会觉得这是一种负面效应吗？不，我会告诉自己，那已经是另一个作品了。我已经交出了话语。如果我信赖一个导演，我不会干涉他创作的自由。

至于正面的效益，我想就是扩大传播和带来一些经济收入吧。但一切都是守恒的，你获得，就会先失去。

童末：也许正负面效应取决于由什么样的人来改编。突然想到彼得·汉德克和维姆·文德斯的合作。汉德克不再做编剧后，文德斯的电影创作中仍然可以看到汉德克的影响。所以理想状态下，文学和电影、绘画的边界是可以被消除的，可以彼此激发。

魏思孝：拍得好，我跟着沾光，名和利多一点。拍得不好，和我也没什么关系。

郑执：不太理解这个“效应”的意思。小说卖了影视版权，挣了点钱，那对作家的生活而言就是挺正面的，同时影视作品上映又能扩大影响力。但如果拍得失败，连带着原著被诟病甚至嘲笑，也是不可避免的，更何况我还做编剧，深知在改编的过程中太多是作者本人与编剧都无法掌控与决定的，因此现在也就不再纠结这些事了。小说是自己的，拼全力。电影是合作，尽有限的力，但不多内耗。任何一部影视作品的成败都不是一个人的问题。而任何评价都是读者跟观众的权利与自由。积极的批评有助于进步。

9. 在你创作的小说中，你个人最期待被影视化的是哪一篇？你最不接受被改编的是哪个部分？

郭爽：我期待《挪威槭》《换日线》。这两个故事里的人物之间力量是流动的、特殊的、自然的，而且在彼此的关系之中生成，拥有某个小小的恒定时空。

不能接受被改编的部分，还没有想过，可能一旦你确定把改编权交给某位导演，就不该再去管它了。

龚万莹：我都平等地期待着，蛮好奇影视化后那一个个人物会长着什么样的面容。写作的时候不会去考虑影视化的问题，但推广新书时一些朋友会觉得《出山》和《鲸路》这两篇与闽南殡葬业相关的作品比较适合影视化。我常觉得文学创作与影视有很大的区别，思维方式都不太一样，所以我对影视化是乐见其成，但没有太多想干涉的。

与其说最不接受改编，不如说我觉得改编难度比较大的，可能是《送王船》这篇小说吧。这篇是交叉的“亡灵船”与“水下地狱”的叙事，里面会有排成一整摞的沉船、断头的父亲和吞吃人的巨鱼，视觉上会很浓烈。如果要拍的话，王船会燃烧，经费也会燃烧。

沈大成：我很难说吧，我写的都是短篇，如果有人愿意做我的动画短片，比如说以“打工人”为主题，将我写的各种有关职场的小说，做成系列动画，也许是靠谱的。我写过各种职业的从业人员，有老职员，有小职员，有实习生，从电影明星到仓库管理员，在他们身上都发生了怪怪的事情。我喜欢借此写人与社会规则是如何相处的。人既依靠社会规则，又感觉非常辛苦，最后能怎么办呢？不得不发明一些说辞来安慰自己。

索耳：我仔细想了一下，我写过一篇中篇小说《皮套演员之死》，那是一个关于我们这一代人的童年英雄奥特曼衰亡和变化的故事，略怪诞但又非常现实。我期待的是，故事本身似乎不太真实，但它的细节，包括它的本质是很真实的。如果要影视化，如何在这两者之间找到锚点，或者说，正是这种“超过现实五厘米”的感觉很吸引我。我最不接受被改变的部分是它的结局，也许在大银幕上很难干脆利落地结束，但那就是克尔凯郭尔所说的“致死性的一跃”。

魏思孝：《余事勿取》吧。通俗点的说法，这个可以拿大奖，但可能赚不到什么钱。只要改编费——也可以说是精神损失费——到位的话，我没有什么不可以接受的。

郑执：最期待的就是《森中有林》吧，因为是自己做导演，不期待不行。至于最不接受的，我不方便说，哈哈。

10. 在改编一部文学作品的时候，什么情况下你会选择忠实于原著？什么情况下会选择让原著改头换面？

耿军：来劲的可视觉化的部分会忠实于原著。关键情节（或复杂的心理描写）又很难视觉化的部分会依据电影创作和制作的具体条件重新创作，或大胆地改头换面。

韩帅：原著材料的情节多寡、结构难易、实现成本等技术问题，都是影响忠实程度的一些客观因素。但我个人觉得，决定性因素还是自己产生改编欲望的那个起点究竟是什么，究竟是原著中的什么吸引了自己？一个人物、一种结构、一句主题表达，还是一种氛围、一个细节、一个自己记忆的触发点。忠实于自己的感受有时候比忠实于原著更重要。

李阳：哈哈，那我一定是十分爱这部文学作品才会想要改编成电影，当然得从头到尾全程忠于原著！如果我把它改头换面了，只能证明我万分需要挣这笔钱。

赵德胤：我曾听说过这么一句话：如果要把一本小说改编成一部好电影，首先要先烧掉小说。这句话对于一部要跟大众沟通的商业电影来说，可能非常适用。

但对于非常个人、非常作者化的文艺电影来说，我觉得我们可以轻松许多。大多数优秀的文学小说，我们可以依照着小说一模一样拍一遍，就会是一部很好的作者电影。其中，只考验导演的美学统一性。

麻赢心：这两种情况可能会同时存在。在表层部分，比如主线叙事，我会倾向忠于原著。表层以下的部分，比如每个人物的内心、各自的现实，我会倾向做自己的探索。

滕丛丛：原著打动你的部分，就是你要忠于的，因为这是你选择改编的初衷。

除此之外，都可以改头换面。因为影视和文学是两种载体，影视不是文学的翻译器。影视有自己该追求的方向，拍摄一部好作品才是最终目的，为了达到这个目的，可以进行任何有效改编。

魏书钧（导演）：我认为从文学到电影转变的过程其实不是翻译工作，二者是两次有关联但又相互独立的创作活动，二者有先后而无主次，有“基因传承”但彼此“人格独立”。

如果把文学作品当成一颗苹果的话，它已经独立而完整地存在了。电影工作者面对这颗苹果，企图再创作的时候，不应是用别的材质模拟出一颗苹果的样子，而应该是把它埋到土里，施肥浇水。这样，长出来的新苹果才是电影。基于此，我想所谓对原著的“忠实”和“颠覆”应该是一种更内在的平衡，这种平衡会受到文学作品的影响力、电影观念、对原著的理解角度等多方面因素的影响，但总体来说，这个过程应当是有机的。

张大磊：我好像没有明确的判断，比较相信直觉。被一部文学作品打动，然后凭着原著给我的印象去写剧本。之后就是剧本层面的调整了。

11. 你觉得原创剧本和文学改编各有什么优劣之处？在将文学作品影视化的过程中，如果你与原作作者产生了分歧，你会如何看待并处理这种分歧？

耿军：原创是平地抠饼，一切从头开始创作。改编是站在好的文学作品的肩膀上够柿子。

优劣大约是，我们看得上的小说版权早就被手眼通天的有钱的家伙买走了。

我是小说爱好者，阅读的乐趣就很令我知足了，很少想着去站上文学的肩膀。

最礼貌的方式是各过各的瘾，一开始谈不拢最好不要合作。最不礼貌的方式是原著被改得面目全非了，但电影还不错。

韩帅：原创剧本写作自由度更大，在初始阶段就以最终影视化的完成效果为己任，会节省一些工序，但往往有根基不稳或者被委托创作一方的种种制片限定所左右的困境。文学改编有原著作者提供的故事和情节蓝本，对人物、主题的挖掘往往更深、更复杂。但随着改编的深入，常常会产生戴着镣铐跳舞的感受，“文学改编比原创更容易”的说法其实是一种假象。

任何创作者的创作初衷都是表达自己的精神世界，大家都有“独裁”的一面，必然会存在分歧。但在我的理解里，文学改编作品和原著本身就是一种对话关系，在你来我往里映照彼此的不同。

李阳：原创和改编都是在讲故事，故事哪里分好坏？每个人一生只会讲一种故事，刚好沁入大众心脾，故事就会畅销。如果我与原作者产生了分歧，就谁的作品畅销听谁的。毕竟我们俩都是为了让更多人高兴才掐的。

赵德胤：我觉得文学改编的优势在于电影产业提供了一个“讨论的基础”，同时在转化成剧本的时候，遇到难题则可以回过头来找小说里的脉络来帮忙辩证，这是非常有用的。

小说的一句话、一个章节、一段剧情就可以是一部电影。电影跟小说是完全不同的载体。一般理解这个道理就不会有分歧。分歧是团队合作里常见的，电影制作团队在电影制作过程中，常常有分歧，有分歧是好的，没有分歧才是奇怪的。大破才能大立。

麻赢心：正如《色，戒》的例子，好的文学作品，常常会提出令人感到不安或困扰的问题，以及有某种神秘性、冰山一角下面的部分，这些都是电影非常需要的东西。从这里开始剧本创作，有些像有了一个靶子，一个明确的方向，是个瞄准和击穿的过程，听上去有对抗性，但其实是一种对话，最终通向小说作者没有说出来的话，或者通向我（作为改编者）想说的话。

原创就是没有那个虚晃的靶子，一开始就需要找到一个位置，把自己放在那里瞄准。优点是你知道自己的弱点，缺点是自己打自己，容易在击穿之前就和解了。如果产生分歧，如果是我，我可能会给原作者展示我的枪伤，希望原作者原谅我借着其作品撕开了自己。

滕丛丛：方法没有绝对优劣，只有个体文本差异。

版权出售是一个商业契约行为，不因为它是文艺作品就有高于契约、超越信用的特权。生产者将自己的作品当成商品出售后，那作品就不属于自己了（或者某个期限内不属于自己）。没见过顾客花钱买了个东西，制造商追上门告诉你应该怎么使用，不符合就是不尊重，不按说明书来就要道德绑架的。顾客想怎么用就怎么用，就算用烂了或者闲置不用也不归制造商管，因为顾客付了钱，顾客才是当下这件商品的拥有者。这是一个基本常识。

原作者如果不接受影视二次创作，那就不要卖版权，不赚这份钱永远没有这种烦恼。

魏书钧：文学作品和原创剧本的区别我认为主要是“他者叙事，挪为己用”和“从自我经验创作”这样的区别。别人的故事，我们可能看着更新鲜、更客观。自我发起的创作则不用考量“排斥反应”。反之，则是文学作品的改编所带来的取舍难题，以及自我原创剧本的情况下，审视的过度主观性。我目前仅有的一次经验是改编余华老师的《河边的错误》，很幸运的是他没有介入到前期的剧本创作中来，以一种“不在场”的方式成全了我和编剧康春雷在剧本阶段的想象和假设。但如果日后有和原著作者共同工作的机会，我想还是会尽力理解他者表意，也会坚持必要的电影层面的创作观念。

张大磊：在我看来两种创作的过程几乎是一样的，创作冲动也是一样的，难分优劣。原创剧本是将原创的念头反复揣摩，反复感受，让自己置身其中，渐渐成形。改编剧本是将原作反复阅读，反复感受，同样将自己置身其中，渐渐成形。我不敢与原作者交流，尽量避免分歧，让创作更单纯、更自由。

12. 对你来说，改编长篇小说和短篇小说有区别吗？如果有，导致这种区别的原因是什么？

韩帅：区别很大，主要是跟所需要的体验时间有关。短篇的阅读更适合在一个连续时间内进行，更追求一次性的完整体验。而长篇小说则可以分段进行，更有陪伴感和持久力。大部分情况下，短篇小说更适合电影的体量，长篇小说更适合剧集体量。

李阳：我还没有改编过长篇或者短篇小说，这一题先靠想象吧。我读东西很慢，如果对方很着急听我的想法，短篇小说可以靠挑灯夜读来应付，长篇小说就只能求助于各种说书平台了。这对长篇小说很不公平，因为与默读不同，播讲者声音陌生，分散了注意力，会影响对故事本身的判断。好在最近有软件可以克隆自己的声音来朗读文本。听了一会儿我心想："这傻逼是谁？"原来打出生起，我都不是用自己的声音在默读。你们读我这篇回答的时候，心里响起的是谁的声音？

麻赢心：技术上有，改编长篇，很容易迷失在大量的信息中。从难易程度上来说，短篇和中篇更容易上手和发展。但本质上没有什么区别，重要的都是找到自己改编的那个原因，要抓着那个原因，不要脱靶，直到最后。

魏书钧：改编本质上没有区别，但长篇的改编想必更辛苦。因为对长篇小说的改编来说，如何“断章取义”需要审慎决策。做长篇的电影改编（名著就更甚），犹如嫡长子继承家业般肩负着使命。

张大磊：长篇小说相对难一些，创作空间没有短篇小说大，做减法很难，也很考验记忆力。

13. 在将文学作品（包括小说、非虚构纪实等）影视化的过程中，你认为最大的难点是什么？

韩帅：越是好的文学作品，越难做改编。但自己又往往会被好的作品吸引，选择它进行改编，于是整个过程都会笼罩在一种“改编肯定不如原著”的恐惧里。最难的事就是对抗自己内心的咒语。

李阳：世界上有一类人的大脑具备惊人的文字转图像能力。故事读完，一部与原著豆瓣评分齐平的电影已经跃然脑内。而我竭尽全力，施展浑身雕虫小技所追求的，就是让这种人花钱进电影院之后，不会说“我特么用你教？”。

赵德胤：“舍不得，放不下”有时是很大的一个难题。

魏书钧：最大的难点在于，二者的语言根本性的不同。文字更抽象，电影更具体。有些在文学中三言两语的表达便可意味深长，在电影的拍摄之中必须用可见的人、景、台词、动作来表意。文字之中的“不可见”尤为难，它只存在于读者的抽象认识中，而电影只能用具象事物来表达它。这个被电影表达出的、具象的“不可见”还要时刻准备被读者心中抽象的“不可见”检验，这种比较也在所难免。

张大磊：最大的难点是找到最适合的结构，这个过程也是最享受的。可能在正式动笔改编之前，如上所述，反复阅读，反复感受，反复想象，让它在心里渐渐成形。

14. 如果不计成本、时间以及审片等种种元素，世界范围内有哪部文学作品是你最想改编的？

韩帅：安德烈·马尔罗《人的境遇》。

李阳：2016 年 10 月 13 日 19 时，鲍勃·迪伦获得诺贝尔文学奖，这是对文学边界的一次重大突破。它提醒我们，文学的本质在于表达人类经验与情感，而这种表达可以跨越形式、媒介与文化的限制。我十分想改编《中国少年先锋队队歌》。

麻赢心： 双雪涛的《Sen》。

魏书钧： 博尔赫斯短篇小说《叛徒和英雄的主题》。

张大磊：《罪与罚》和朱文老师的小说《去赵国的邯郸》，这俩。

B 小说

封门青

骆以军 / 文

灯光冻。你可以想象一个明朝文人，鼻头贴近一方这样的石头。像是昏暗之室，以签剔油灯灯芯，那像冉冉晕开的灯光，像浸油的纸从边沿卷起的一朵朵小火焰。这样的“灿如灯辉”，应该某一瞬将密室里的氧吸干，才能膨开那样的带着烟、带着影的澄金水波，摇曳生姿，被某些介质拖出皱褶的光。明朝的人觉得不可能、不可思议，这样的光，被截成一个块状的长方形，那飘忽虚空中的照夜之灯光，怎么成了一块“冻”？很明显它不是光的死物或残骸，因为它仍以光的形式在淹流着。

他们或有人误说成“时光冻”。确实那小小方寸间，那个光辉，会让古时候未曾见过电影之人，产生今天看电影的怅惘、梦幻、虚无、哀乐，应该是时光的变幻才可能体会的情感。

封门青。他们形容，“素装淡抹，清纯雅致”“飞燕之肤，玉环之体”“隐逸淡泊，石中君子”。那个青，是一种持续的、消逝中的青色，某种颜色透过眼球析光在脑额叶中判定，它立刻又暗了几分，淡了几分，你永远在一种青色的极细致的遁走、存在的减量中，感受到那一抹“上一眼的印象”。这种石头之存在，似乎是拿一“历历如绘，追忆似水年华”的颜色之缤纷绚丽作为殉葬，只有亡国之人、痛失所爱之人、被世间遗弃之人、目睹过整座城市繁华如梦却又颓圮成废墟之人，才会看见封门青。那让他们泪流满面，想起一切，最后又得到平静的“不存在的青色”。

竹叶青。兰花青。皮蛋冻。酱油冻。白果青田。金玉冻。煨冰纹。

这一切要怎么说呢？蓝花钉。事实上它就是梵高的那幅《星空》。在广岛原爆之前，古人就看见那将文明一切烧尽的烈焰，地面上所有人类执念的建筑，都被巨大的飓风刮走，然后满眼枯荒、诡异的蓝月，奇幻得像油槽积油那么用刀一层层刮都刮不净的蓝色。你看着蓝花钉，会像《欲望之翼》那个亿万年前就站在地球上方的天使，看见人类这个物种，怎样繁殖暴增，层层叠叠，然后污染、毁灭这颗星球，将他们自己吞噬进那恐怖的灭绝。最后整个蓝色星球在冰封中发出妖异的蓝光，细细端详，会发现那鲜艳又含剧毒的海洋、河流、湖泊里，漂浮着一种不在乎环境的藻类。这就是蓝花钉，他们又称之为蓝星。青或黄的石料上，布满蓝色的星点。

事实上，他记忆中那所有人的眼睛、鼻孔、耳朵、嘴巴、手指拂搔脖子的皮肤触感，全部飘浮着一种粉尘。那种粉尘无所不在，藏在头发里、舌齿间，薄薄覆一层在床上、窗上、床被上，甚至任何器物上。那种粉尘即使天降大雨，地上浑浊泥流，但空气里还是飘浮着。啊，就像上百万只蝶蛾的鳞粉，不知从几百年前就飘浮在这里。这里的人在这粉尘中出生、长大，在粉尘中和心爱的女人交欢，在粉尘中拿着筷子夹鱼骨上的肉，在粉尘中沉默地拿着茶杯喝水。最后，可能比其他地方的人短寿，他们会在粉尘中老死。

和这种万事万物皆笼罩在粉尘、说不出正常光折射是较昏暗或较灿亮的印象完全相反的，是一些，不，可以说是无数的、挖凿的坑洞。那些坑洞，简直像一整个军团的人，每个士兵列队经过时，皆用一吸管戳进一块果冻。那种坑像疯狂枪手拿霰弹枪对一块吊着的猪皮射击，再填弹，再射击，那样滥射了一整白天到黑夜。这些坑洞，可能从大清朝就有矿工在挖了，如今除了政府包给企业用大型机具开挖，还有无数像跟附于巨鲨般的小鱼群，那些民间偷挖之坑。这一整片的山陵，据说底下全空了。时不时就有某个私人坑口坍塌，埋死五六个偷石人的事故。但这一切那么廉价，整片山看去满目疮痍，每个坑洞口乱堆着不值钱的大小石块。其实几亿年前那地壳变动，火山喷洒向这周边的所谓“冻石”，这几十年滥采，早就枯竭了，挖空了。煽情点说，这山若是这里人的“大地母亲”，他们简直是像用凌迟之刑，拿铁锹、钻洞器，在她全身各处都戳洞当阴道深入。他们想从那被他们戳得柔肠寸断的大母亲身体里，像小婴孩吮乳汁那般，挖出那些有着梦幻颜色的“冻”：艾叶绿、鱼脑冻、芙蓉冻、荔枝冻、酱油冻、瓜瓤红、黄栗冻、蓝缠丝玛瑙、粉蝶、鹰羽、金银冻、鸡油冻、白田冻、鳝鱼冻、牛角冻、天蓝冻……他们挖出千万条坑道，从大母亲的私处抠出这些奇幻的“冻”。其实从外看出，这大母亲早已是一具趴伏的骨骸，这些小人儿还不死心地往那枯骸上钻洞。

但那样的刮骨剜肉，用一柄小小的金属平口雕刀，切下那像丽人脸颊之肉，他记忆中却浮镂出这样的字：

西湖不厌久长看，
何处春江无月明。

那是什么意思？那些篆字像蜷缩在子宫的婴孩，不，介于某种雏鸡和蝾螈胚胎之间，肢爪拗折，骨骼错位，有些切面简直就像大脑剖面图。它们一定不是正常的，不是万物正常生长的状态，他这么想。这些刻去那幻丽石色、留下这些古怪的字的人类，是在向时空中某种未来或遥远外星文明发出讯息？

譬如这个：人生实难。

当时发生了什么事？这个短讯、密码在交代什么？他目睹了什么样的恐怖、变态、绝望，乃至于内心的崩溃？

宠辱皆忘。温良恭俭。老不晓事强作画。高于云齐，远水无波。陈年。残年拙作。鲜鲜霜中菊。明月蔚身。千里之路不可按以绳。

水精宫道人。山阴任颐。丙子探花。歇脚庵。梦兰生。

还是粉尘，比较小规模的，刀刃刮去那些像云霞流动、像冻雨欲垂、像夏日蒸云、像漫野春色的，比美人腰腹处还柔腻的“冻”。鼻头贴近那可能是异次元传递过来的一小块方章，他们剔出那些石粉，脸上带着诡异的笑，将他们在那暴乱残酷的有限时间，看到的一切，只能给予后来的旅者，最短的记录文件，要说什么呢？甚且不是如一整片山乱七八糟的坟头，那些众声喧哗、嘈嘈不休的墓碑上刻的，交代这些骨骸可怜有限时光的身份。比较像是，这些偏执的人类，骑了一台引擎发出哮喘声的摩托车，走了不记得多远的道路，那一切终将肢解，线路发出焦臭，油喷嘴已结上一圈盐状结晶，那最后留下的一个里程表数字。但是他们各自为何选择了那些个字？

譬如那个，刻下“与身俱存亡”的美男子，据说他死的时候，出殡时，帮会的人、各路和尚、道士、喇嘛、妓女，都来送葬。他将那让人股栗的“与身俱存亡”印，盖在流过他眼前的宋刻本《唐女郎鱼玄机诗》，宋刊本《汉书注》一百卷，宋巾箱本《周易》、《尚书》、《毛诗》、《礼记》、《周礼》、《孝经》、《论语》、《孟子》，唐代刘长卿《随州集》……这个神经病，曾经加入青帮，是“大”字辈的老头子，曾经与欧阳予倩、梅兰芳、马连良、俞振飞这些戏神同台，据说扮起建文帝，满座涕泪、回肠荡气。“有脚不踏河北尘，此身即是建文身。闲僧满腹兴亡史，自谱宫商唱与人。”他的书法，据说悬空挥毫，叫人拉住纸两端，而常是抽大烟或酒醉时在卧榻上凭空下笔。一生狎妓或一夜风流之女人在七八十以上。这人真的是个神经病，他还狂收古钱、古玉、印章、外币。有个大军阀给他三万银圆到上海办报，他就用这一大笔钱在上海收购珍稀邮票，把钱花光，然后被大军阀通缉。这个神经病，他老爸就是那个使得大清朝覆灭的大叛奸，银圆上印着大头像的当了三个月皇帝的老袁。而他老和一些骂他老子的废材混在一块儿。有次展读宋人王诜的《蜀道寒云图》，大为激动，将自己改号为“寒云”。有“寒云题跋”的藏书，流散各处，元刊残本《滋溪文稿》、元刊《清容居士集》、宋黄汝嘉刻本《倚松老人文集》、明铜活字刻本《刘随州集》……全部盖上了这“寒云”之章，或是“臣克文印”。最惊悚的，还是那“与身俱存亡”之印。

乍着微棉强自胜，阴晴向晚未分明，
南回寒燕淹孤月，东去骄风黯九城。
隙驹留身争一瞬，恐声催梦欲三更，
绝岭高处多风雨，莫到琼楼最上层。

这种情态和他如此相近，但又像隔着纱帐的午睡，全身是汗，醒来时的那糯纸融化，什么都依稀没入上下颠倒的光影。譬如说，想不起是某日，他的计算机窗屏旁有一个小方格：Catawiki 所有拍卖会，他只是手指一个轻点就进去了。一帧一帧瓷器的照片，下面是一个个以数字为代号的买家的出价，那是用欧元计价的，所以看起来简直像在柑仔店买弹珠汽水一样便宜，太便宜了！一百,二百,三百,五百。那些画着中国古代仕女的粉彩瓷花瓶、青花纹卉盘，或是金艳缭乱的广彩大盘，间杂了一些象牙雕的仙女，一些小铜鼎、雕花木棂，全都是晚清、民国的民间制物。他的妻子警告他，网络上的拍卖绝不要碰，现在景德镇仿得惟肖惟妙，连博物馆、大拍卖公司的鉴定师都会被骗，何况你这个门外汉，只凭着网络上那几张照片。但话又说回来，谁要费那么大功夫，伪造出那么一堆低端劣货，然后跑去法国、意大利、英国、荷兰，假装是他祖上在一百多年前买的这些广州为了糊弄老外而粗制滥造的破瓶破盘？纯粹是夜深人静，在网络世界刷存在感吗？总之那都是在他吃了安眠药后，意识像万花筒的玻璃幻视，他，或只是他的食指，轻轻按键，在每一样拍品目前最高价的上面，再点一个“快连出价”，全部只多五欧元而已。第二天，他的电邮会收到一封封这样的来信——“您的出价已被超越”。想是在网络海洋不知哪端哪个国家的同样失眠者，不甘心被他的出价压过，又出了个多五欧元的价格，又爬到他上头。这太好玩了，但其实真正的买家，会群集在这些瓷器拍卖的最后两分钟、一分钟，不夸张，实际是最后三十秒、二十秒、十五秒……那样的短暂之瞬，他几乎可以听见那各路人竞标、数字一个盖过另一个的噼里啪啦声响。原本懒散放在那儿，最高价或是七八十的一个画了中国古代美女的粉彩瓶，可能在这样群鱼扑啄的混乱十几秒，价格翻高到四百多欧元结拍。他在某个夜晚闯入这个像河岸边上千只水鸟集体交欢、嘎嘎哇哇的狂欢高潮时刻。天啊，那像是之前全部的人全斗笠掩面，或装作在卖萝卜青菜，或妇人低头绣鞋，或廊下的老人拿着破碗喝粥，这一刻，全部抄家伙飞起，朝着那对象戳去，白刀子进红刀子出，全在最后的十来秒，那才是真正的杀戮，真正从梦的纸窗那边捅破什么，闯进真实界的一击。

但是另一个夜晚，他在那样的“旁观陌生人短刀捅进捅出”的迷茫时刻，手指一痒，点了下鼠标。屏幕上的价格突然就结冻似的，停在他出手的四百五十欧元。所有原先武侠电影般在客栈里凑挤着的那些匿名的买家，像约好一样，通通翻窗跳走，只剩下他孤零零在这空洞的、虚拟的拍卖小间。

“恭喜您！您赢得最高出价，这件拍品属于您！”

屏幕下方接着要他点进刷卡付费的程序，寄送的地址、联络电话，并再提醒您，这个出价有法律效应，若您在三十天内没有付款，将依照什么什么法律，如何如何……

但是这是怎么回事呢？

暗夜里他惊醒，感到一种槊桨戳水的响声，他这才想起，盯着屏幕看看自己“赢得最高拍价”的，是什么玩意？一看哀号出声，是十只花瓶，有青花仕女图缠枝纹将军罐，有青花水草观音瓶、青花博古像素棱梅瓶，有梅彩六面间只清代人物并花卉纹罐，有三只广彩眼花缭乱的双耳瓶，大大小小，照片中只有那只六棱瓶底部有一小小青花树叶款，其他都是素胎。所以他买了一堆某古董商清理仓库残瓶破罐的“懒人包”？

鼠标光标往下拉，他发现这堆杂七杂八花瓶的原主，是个法国人。下面有英文简介，他按了翻译功能：

——八角花瓶与花的装饰风格，枝插在花瓶里，在一块岩石上。从日期：约 1690 年— 1700，康熙年间。条件：有是一个关闭的边缘的花瓶，在后面，在肩的高度，和一些边缘烧结恢复芯片。否则为原始。高度：14.7 厘米。

——处理“兰格”装饰花瓶（高女性形象）和愚人。这个花瓶是无釉。与镀金遗留物。花瓶被完成一个银的脖子。标记与蒿叶。条件：缺陷之一耳朵。裂纹的修复。高度：16.7 厘米。

——粉彩栏杆花瓶带盖用公鸡和鸟类的装饰。条件：修复。高度：23 厘米。

——蓝色和白色栏杆花瓶制作音乐的许多人物装饰盖。用原始的盖子。条件：花瓶已修复。盖子有两片。高度：27.2 厘米。

——广东的花瓶。高度：18.2 厘米，条件：修复。

——广东花瓶与装饰的鸟类和麒麟的脖子上。高度：14.4 厘米，条件：修复。

——小栏杆花瓶与官员在景观中的装饰风格。条件：修复。

——栏杆花瓶与一只鸟在一块岩石上的装饰风格。标有康熙四字符标记。条件：恢复的顶部边缘。否则为原始。身高：20.5 厘米。

这些通过软件翻译的句子，像那老外嗑了药，字句飘零，大舌头说话。所以几乎全是破了再修补过的瓷花瓶？真他妈的丢你个老母嗨！他想起看过一视频节目，采访的女记者和被采访的一个老头，说起老外聪明，知道现在中国人有钱了，又有这种民族情感，就把一些破烂往拍卖会扔，往往被拍出惊人天价。但他妈这些破瓶子！

他后来理解，这类网络拍卖，就像深夜的疯人院的散步小径或喷泉花园，全是失眠后吃了重剂量安眠药，却不去床上躺平，和他一样两眼空洞坐在计算机前的梦游者。他又在那迷迷糊糊状态下拍了一对号称康熙时期景德镇仿伊万里的上金彩瓷盘、一只半人高的民国粉彩仕女花瓶、一只青花和龙纹绘得乱七八糟但康熙款的帽筒……总之，那使得他经济崩溃，但为什么有那么多的中国古代瓷器，在各国的老外手中呢？

当然，当然，这就是所谓的外销瓷。大航海时代，十三世纪的中国人从阿拉伯人那里偷来植物几何纹，以及他们金银器的形状，然后烧成青花瓷，再狂销给阿拉伯人。然后是葡萄牙人绕海路找到中国南部海域，那整个欧洲王室为这种薄如纸、晶莹如玻璃、幻美绝伦的玩意疯狂。荷兰人的船舰劫掠整艘载满瓷器从中国返欧的葡萄牙商船。英国女王、法国国王，一直梦延到德国、东欧，所有王室贵族的宫廷发狂地嵌满中国瓷器，这就是现代世界形成的最初原因。景德镇那些短寿的、吐痰到窑炉中测探火候的烧瓷工人，幻造了一种梦中才能得见、比女人的胴体还性感、让人陷溺的美，将这种美植入那些饥渴疯狂的欧洲贵族脑袋里。说来，因为这种比蝴蝶、流星、孔雀羽毛还扑朔迷离的灼烧的美，造成近代欧洲的崛起、现代海战之发明、印加帝国的灭绝、工业革命，乃至王权的崩解……

几乎像是一种自动反应，我总会在不同时刻这样问自己：为什么我们变成这种泥滩里半死不活、嘴巴一张一合、眼眶腐烂爬蛆的臭鱼？为什么我们变成拥有这种表情的倒霉鬼、烂人、穷鬼？是什么像深埋几万英里的电缆线，缚住我们的喉头，想凭一时的自由意志勃跳，却发现那错综如根须的绳索越勒越紧？

最早时我会将之推理为一九四九年的那次，有两百万人在极短的一两个月内，全部像挤满一小根火柴棒的上千只蚂蚁，那样逆反物理惯性地逃亡到这个岛上。譬如我们这个篆刻秘境的传奇人物，陈可骆，当时是福州一家几代专营寿山石的“青芝田”老板。因为同行一个叫陈琛学的，对他说，驻扎在马祖、白犬岛的美军一定会喜欢寿山石，两人各扛了两箱各种颜色、品相的寿山石，趁夜搭渔船往马祖。没想到第二天福州便被攻下，两岸海峡成为战争线，这个倒霉鬼只好带着那两箱寿山石，从马祖到台北，后来收了两个徒弟，开始在台北传下福州雕的西门派印纽。你可以说从二十世纪五十年代到今天，大街小巷的篆刻师传，其实他们的祖师爷就是那个莫名其妙移动而后又回不去的衰咖。

当时在中华路纵贯铁路东侧，搭建着一千六百多间临时竹棚木屋，其实就是难民营啊。那许多大江南北张皇跟随国民党逃来台湾的军人、小贩、戏子、裁缝、读书人，像失去身份的鬼魂，全部挨挤在这铁路边的违建棚屋。陈可骆也混杂在这些臭烘烘的气味中，可能煮着他见都没见过的陕北人的羊肉泡馍，或是河南人的烩面、山东人的疙瘩，以及那些用绿豆浆发酵挂在门檐的腥臭味。这些人像在黄泉路旁也可摆地摊，卖着女人的旗袍、袄裤，男人的帽子、马褂，以及字画、烟斗和皮鞋……他也在地摊摆卖刻好的寿山石印纽。

之后这一片城市的烂疮，被清除盖起了八栋长条的“中华商场”。倒霉鬼陈可骆终于带着他那些（天啊芙蓉石鱼脑冻酱油冻荔枝冻竹叶青桃花冻）寿山石雕印，投奔一位钟表铺的亲戚，将它们放上了柜台。

当然这故事的魔幻之处，在于他那两箱寿山石，一枚一枚地拿出，雕刻，卖掉，不可能源源不断地拿出来的。后来的史料证明，其实在一九六四年，韩国人在挖马路时，挖出一种叶蜡石，当时其实出口作为防火砖材料，陈可骆辗转打听，进了一批这种下刀硬度和寿山石相近的“韩国石”。一九六八年又出现了所谓“泰国石”。总之这个虚空中用刀技艺的倒霉鬼，那消耗光的两箱寿山石，及之后替补的韩国石、泰国石，形成了台北二十世纪五十年代至今的福州义记青芝田篆刻的传奇。这个像植株传花粉的移植者，形成了一个品种迁移并扩散的景观。特别是“文革”时，大量旧印石涌入台北，包括珍稀的田黄，那可是台北的寿山石收藏与品玩的黄金年代，像古人以各种方式形容美人“深坐蹙蛾眉”“娉娉袅袅十三余”“媚眼含羞合，丹唇逐笑开”“梨花一枝春带雨”“巧笑倩兮，美目盼兮”“红脸如开莲，素肤若凝脂”……这么漫眼繁花，不同感受的美丽石头，不可思议地涌现在台北。师大对面的如意轩、黄风堂、重庆南路的胜大庄、台北师院的糜研斋、建国玉市旁，乃至金山南路、信义路、金华街的巷子，处处会遇见鸡血、田黄、芙蓉、荔枝、杜陵、高山、朱砂冻、巴陵、青田封门青，以及名家之印。那种幸福到起哀愁的惘惘不安之感，“怎么可能这些幻美绝伦的神品，全跑到这座小城”？

石鼓文。康有为说：“如金钿委地，芝草团云，不烦整裁，自有奇采。”陈仓石碣，岐阳十鼓。这十个小石墩，上头刻着刚出土时没人见过的文字，后来被认为是介于甲骨文和小篆之间的大篆，十个石墩分别以各自身上的文字命名：乍原、而师、马荐、吾水、吴人、吾车、汧沔、田车、銮车、霝雨。有说是周宣王时的刻文，有说是秦文公或秦襄公之物。

我师父要我先摹石鼓文，他说那个传说中的老祖宗，那可是在钟、鼎、彝器、镜、洗、权、量之上，模拟那些向上下四方伸展、拐变、枝杈的线条，那可是拿到一拓本，便“晨夕展玩，寝食几废”啊。其实最重要是临石鼓文，那成为无人能趋近的苍浑笔意。“其他都是假的！”我师父说。老祖宗可是在“石鼓文”“禅国山碑”“张迁碑”“天发神谶碑”“泰山刻石”“裴岑碑”“武梁祠刻字”“三老忌日碑”“诅楚文”这些石刻上沉浸了几十年啊。那个雕刀刷刷刷在石脸上刮下粉屑，简直像古乐姬跳舞、古战士操戈。手指与腕的筋腱感受到石头的滞阻，但那刀意和线条的灵性，勃跳着要剥开什么缚泥挣出来。初学篆刻者便临摹石鼓文，那个没有路可以行车的奇怪运刀，其实很像跳街舞的小鬼，颠倒过来用头颅在地格上打旋，手脚反而成为朝上的羚羊角或树杈。

有一次，我以为自己已经约略摸索到石鼓文的刀意，老实说我挺厌烦的，我每晚从师父那窄挤在这条小巷槟榔摊、彩券行和一家老西药房之间的刻印铺走出，觉得眼睛像水银灌进，一片阴阳颠倒，光全被抽走只剩影廓的景象。我觉得自己像从一片坟冢爬出来的盗墓贼。那些身材矮小但比例不失玲珑的印度尼西亚女孩，推着轮椅上整个头脸像废墟碎砖的老人，从我面前溜过。我心里大喊：根本没有人会来买这些刻在小石章上的死去几千年的、扭来扭去的怪字！师父整天喝得醉醺醺，脸涨得通红，和槟榔摊那个大陆妇人调情。我在一方青田石练习章上，用石鼓文那装神弄鬼的“印外之印”“线外之线”“意外之意”，雕了三个字：

麦当劳。

没想到师父看到这章，眼白向上吊，整张脸皱成包子般的捏褶。我以为他要呕吐，他号啕哭了起来，嘴里呜呜呼呼地念着什么，许多年后我才知道，他像唱谶的那些句子，是老祖宗当年的一首诗：

病余人比还魂鹤，弦断秋横涩指琴。聋且为鳏殊耐老，醉能逢蝶亦无心。闰年谶忍黄杨厄，饮墨碑疑碧落寻。事往如烟愁似织，短檠长剑夜深深。

我现在这个年纪，这个身体状况，完全能体会老祖宗这诗句中的悲不能抑、涕泪哆嗦。似乎不久以前，老祖宗的老师罗振玉，当时大清朝皇城的明清大库要整修时，他们清出大批文史档案，奏请焚毁。这罗振玉冲进宫中，将“清初绘制的地图十大轴、清初边关档案、清初开国方略、洪承畴揭帖、高丽国王贡物表……”抢救下来，装了八千麻袋运至学部。还有那个哭哭啼啼跳湖自尽的王国维。“他们在干什么啦！”我有时忍不住想大喊。雕刀切入那像女人腰腹一样腴白，甚至起鸡皮疙瘩或下面布着细细淡蓝微血管的石章里，很怪耳中都不是少女的呻吟，而是这些老头子的啜泣。师父说，其实我们篆刻，没别的，就把自己想成是华佗在帮关云长刮骨疗伤，刮刮刮刮，字骨字筋之外的都是要刮掉的浸毒烂肉。

《观石录》说：“清秋云日俱净，空山天色者一。一横二寸，高半寸，望之如郊原春色，桃李葱茏。一如出青之蓝，蔚蔚有光。一黄如蒸栗，伏顶有丹砂茜然沁骨。径半寸，方者一。如砚池点积，黑沈明润欲吐。一枚长寸有五，广八分。两峰积雪，树色冥濛，飞鹭明灭，神品。一如冻雨欲垂者，方寸。夏日蒸云，夕阳拖水各一。如墨云鳞鳞起者一。一半寸薄方。有北苑小山，皴染苍然。冰华见青莲色者一，逸品。一长方，如美人肌肉。方寸中含落花落霞者二。”

这篇《观石录》的结局，潦草记下这些妖幻若梦的神品之石的主人，后来大多亡故，石头皆贫散，或遭火灾焚毁。他说了一句：“山以寿名，十年中郡人恒夭折不寿，理或然欤？”就是说，这些如“美人肌肉”“落花落霞”的美石，不符合天地五行的形态，那是石妖，可夺人心魄，让人进入便不知独自在何方，头发皆奓起，眼瞳成为银色，那不可能的颜色、光影、山水云雾的全景，握在手中的一方小石印里。

我离开师父的小刻印铺，正好就是台北南区（包括师大路、金华街、潮州街、青田街、和平东路、泰顺街）大街小巷的某些神秘店铺，大批出现这些魔幻、绝美石头的辰光。我像在梦中穿街走人家，钻进一家石头店，文气的中年老板小心翼翼地翻开一层层包裹的报纸，里头是那在寒冬腊月，也如一小盏油灯冉冉光晕般温润、尊贵的田黄。或是在一个妇人家的客厅，目睹那早已绝矿一世纪的将军洞芙蓉石，那真是比顶级的和田羊脂白还要浓郁醇厚好几个系数，你觉得将之放在盛夏光晒下，会像雪糕融化成一摊。或是我曾在一个上头如崖壁、无数台冷气机箱轰轰运转的小防火巷，和两个穿着不合身的西装的大陆仔，叼着烟，过手细看几枚牛角冻的昌化鸡血石印。那个血就像当下他们拿出折叠刀割断我手腕动脉，喷流出来的还带着腥热的鲜血。那时我觉得贵，现在真是悔之不迭，当时的价钱当现今的零头都不够。那一切像有人在变魔术，或某个高僧将你拘进一幅唐卡坛城的超现实之阵里。怎么会有那么多绚丽的石头，在不同的人中传递，出现在我眼前。也就是在那时，我见到了不是寿山石系，而是青田石的灯光冻、封门青、黄金耀和蓝花钉。那是我在后来告诉人们，我曾在近距离揣摩、细看、刮贴脸颊，观察这么多《观石录》里描述的妖石，人们一定不相信，认为我疯了。

师父曾告诉我，刻印，就像赤裸身子浸入山中温泉。那个水呈湖绿或轻微的金黄色，烟雾从水波的每一褶处漫出，池畔可能坐着一个个垂发愁容的鬼，它们也浸了一半身子在这灰色、绿色、蓝色、橙色等交错摇晃的池子里。这时，你的内在，之前所收摄、藏贮的精气神，就和这温泉池水短兵相接：你如果心无杂念，召唤那一刻的笔意，事实上你的雕刀，正在侵入那章石的内里，你会感觉到那浸泡着你的温泉，像稠胶将你握紧。本质上，那是石头的魔性在和你的雕刀，像男女交媾那样哀鸣。如果这神秘时刻你走神了，你就会被溺死在那浸泡着其他鬼的温泉池中，你会被石头的魔性吞噬。但若你不解风流，在震慑之际硬用暴力，那便像某些平庸篆刻师，其实已将石中那性感的扑翅女妖扼杀，后来的用刀，只是将一具丰腴华丽的女体，作尸体剥解。最美的刻印，是像布达拉宫里供奉的那些金刚菩萨趺坐，而胯前一个正在与之交欢、瓔珞系于腰臀、一脸迷醉的明妃。那个永远停止的空悲之境。那个时刻，明妃的眼带泪花，鼻喷馥芳，犬牙露出，乳房紧胀，仰起的喉头发出银辉，胯下蜜汁汩汩不停。伟大的雕印师会有个时刻，降制了这颗带着魔性的印石。

师父说，祖师爷有诗云：

三更风雨灯焰碧，墙阴蔓草啼鬼工。

……

刻成袖手窗纸白，皎皎明月生寒空。

对我而言，师父的师父，当年糊里糊涂从福州背二十个寿山石到马祖，从此回不去，成了台北半个世纪福州东门派雕刻印石的整个演化故事的一部分。但师父所尊崇的祖师爷，那可不是福州工匠技艺，而是江浙一带明清文人传续而下的浙派篆刻，“治印宗秦汉，常参以隶意；讲究刀法，善用切刀表达笔意，方中有圆，苍劲质朴，古拙浑厚，别具面目”。或“海上画派”这些晚清画坛的大师，说来这些人都是伶仃漂流者，都和太平天国之乱有关：虚谷，原是清家参将，因不愿奉命打太平天国而出家为僧；任伯年，太平天国进入绍兴，父卒，曾加入太平天国军，天京陷落后，又逃回绍兴，死于鸦片；吴昌硕，太平天国战乱时家破人亡，只有少年的他和父亲逃到山中，之后以刻印维生。这种动乱、战火涂炭、人命如蜉蚁的恐怖，进入了这批文人的内心，他们目睹着一个巨大皇权轰然倒下，摔得断肢破碎。老祖宗着迷于石鼓文、金文、汉碑、汉镜刻文，那整个就有一种尸骸意象。大批的死亡，廉价的死亡，遍野荒骨。但这样的治印（师父的这一流派），和整个台北蔚为主流的福州雕工，并不同路啊。

一个黄昏，我在巷子里失魂落魄地走着。（那时我已离开师父，然后被一些家伙诈骗，弄了一堆老挝石，他们骗我说是寿山的芙蓉、旗降、水坑，甚至昌化鸡血坑石。我完全看不出有作假可能，当时向银行贷了几百万，甚至其中还有一颗不折不扣的中坂田黄。后来曝出这批以假乱真、充斥在福州石头市场和台湾买家间的美丽石头，是一种在老挝发现的矿脉，我整个赔惨了，那已是几年后的事。）看见一个母亲牵着一个小女孩，我突然被那女孩的脸，如雷电击中，怎么可能有那么美的一张脸？但那就是一个错身而过，我总不好追过去再盯着那恐怕只有小学二三年级的女娃看。我并不是个“萝莉控”，也没有恋童癖，但我回家后仔细思索，为什么会像疟疾般忽冷忽热想着这个根本还没有荷尔蒙（她小小的身体里还没有长出卵巢啊）的小女孩而迷醉？后来我想或是她的脸，和某一枚极品的芙蓉冻或荔枝冻有相似的颜色。那段日子，我没事会在约略那个时间，在那巷子来回走动，希望再遇见那对母女。

有一天，我遇见那巷子里一间小咖啡店的老板娘，她也曾到我的小铺挑过一枚很一般的青田石，请我篆刻。她愁眉苦脸地告诉我，每晚她的咖啡屋关门后，会在店前一小平台放些猫饲料、一盆水或猫垫，让附近流浪猫自由来就食。但不知有哪个憎恨猫的家伙，会来将那些猫食和水盆打翻，或是扔一些垃圾以及奇臭不已的烂水果，想让附近居民认为这些流浪猫是小区的瘟疫、脏污。她请派出所调阅附近的监视录像机，发现是住附近的一位台大教授，但无法提告，因为镜头里这家伙戴着口罩，戴着机车安全帽，这一推理好像在法律认证上无法成立。

这变态家伙甚至会把反应不够快的老猫或小猫，用一种他自制的长柄捕虫网捞走。这老板娘对那些猫的下场非常悲观。

我一时义愤填膺，叫她把这个变态憎猫者、台大教授的住址给我。我选了个夜晚，也穿上雨衣，戴上安全帽，遮上口罩，拿根球棒，去按那家的门铃。我想一开门，趁那家伙反应不过来，用球棒往他脸上重击（我几乎已看见，他的脸从鼻心处被打凹的模样）。但是，像所有电影几乎都有的情节，门一打开，我的视线必须往下移。开门的，是那个让我神魂颠倒、像一颗极品芙蓉冻、说不出流幻之桃花流水的小女孩。

一九四九年二月，上海吴淞口外，国民党海军“重庆”号巡洋舰投共。事实上，当时国民党海军有二十多艘军舰投共，重要的内爆即是以福州马尾系为主的海军，和蒋介石派任的非马尾海校背景之桂永清，有所谓派系积怨。网络上许多帖子会问，清领时期，台湾大多移民来自泉州、漳州，后来也有客家移民，为何同样距台湾不远的福州，不太有人移民。福州腔调和在台湾已成为主流的泉腔、漳腔完全不同，格格不入。事实上，在美国纽约、英国、墨西哥，真正可怕的黑势力是“福清帮”，当年曝出整船货柜闷死几百个男女老幼的国际偷渡事件，大部分是福州人所为。故事里当然充满了枪支火并、毒品、人蛇集团、残酷私刑……美国唐人街的餐馆、房产业、长途巴士公司、超市等盘根错节，都由福州人控制。他们把一百多年前便移居到美国的广东人“华清帮”“台清帮”的地盘夺占。这种扩散其实更早就撒向马来西亚、新加坡、印度尼西亚，以及中国的香港地区。福州人在台湾，最早的迁移者，如同谚语所述的样子：“福州人过台湾，身背三只刀：剪刀、菜刀、剃头刀。”台北大稻埕一带，曾经聚集许多福州的西装裁缝，和一九四九年随国民党来台后聚集在衡阳路、重庆南路一带的上海或浙江奉化的裁缝，形成差异。

很怪，师父和师父的师父，那隐藏在时光中的雕刻石头之恩怨，似乎也是福州人和青田（江浙）人瑜亮情节的缩影。那雕石上的亭台楼阁、高山流水、林木花鸟、美人、神仙、僧侣，看去写意流畅，其实光石头，福州有寿山石，青田有青田石。那刀法的繁复与简约、深镂与薄意、写实与抽象，也各自拖曳了不同的工匠记忆。青田石有文彭试刻的传说，有吴昌硕和西泠印社、晚清民国文人的印迹；寿山石的田黄，有乾隆三联玺及所谓“印帝”地位。

说来老一辈的，会有印象，二十世纪五六十年代，不，到了六七十年代，台湾的“海军”当头儿的，大多是福州人，甚至到后来的“海巡署”“海关”，里面都是福州人的势力。我从前认识一个大哥，福州人（其实和我一样是父亲一九四九年撤退来台的“外省第二代”），当时他在高雄关。传说他有一件西装外套，走去哪里，人家就往里头塞钱，他的手不能碰那些钱，所以大家心照不宣。每次回家，四个口袋全塞满揉成一团团的百元钞，他老婆每天就拿熨斗把那些钞票熨平整。那时他们多嚣张啊，在海关里，人家进关一整箱的 XO 洋酒，他的同事就当着来领货的人，拆开纸箱，拿出一瓶，旋开喝起来，再拿两瓶丢给身后的同事，领货的屁都不敢放。有时他们喝了几瓶好酒，然后把酒瓶打破，淋一些水，就说是搬运不慎。有一次，他带我去一个女人家，那女人的屋子像地窖或灵骨塔，贴墙一格一格的金属皮保险柜，打开来是一尊尊什么唐三彩骆驼啦，唐三彩人俑啦，交趾烧狮子麒麟啦，很大的钧瓷花瓶，以及一些铜镜、铜佛、古钱币……我看得睁不开眼，一室熠熠生辉。我说这是仿的吧？他说：不，这全是真的，这个女的跟着一个也是考古学界的神秘人物，盗了许多墓，然后用渔船偷渡到台湾。这时我才意会，为何他会出现在这女人家。

后来我这哥们儿出事了。有一年，一艘利比里亚的货轮，很怪，要进高雄港了，却一直在港外打转不进来。那天夜里，上头突然来电，当晚把高雄关和基隆关的主任对调，大约第二天早上，那艘货轮大概也有人通风报信，掉头走了。那时他就觉得不祥，结果一个月后，通关时有个电话下来，叫他把车牌 ××××× 那辆货柜车放行，这原也就是司空见惯，但那辆货柜车才出了海关，立刻被七八辆警车、荷枪实弹的宪兵包围。

我这哥们儿当然丢了工作，也经过层层庇护，没进监狱。当时打电话给他的那个上级，好好没事待在原职。但他对这事的心得，竟只是："有人要搞我们福州人啦。"

这样说吧，二十世纪的后半段，在台北这座小城，这些跟随着溃败的国民党政权流亡到台北的文人，像雨天过后湿霉的木头地板上慢慢钻出的小小白蚁。他们集体的老大是个多疑、性格乖戾之人，非常爱监禁，把怀疑会背叛自己的人关起来，事实上有种动物园栅栏的厚重铁销铿铿拉上的沉郁之恐怖。譬如被他关了一辈子的张学良和孙立人。在台北的这些离散者多为江浙人，也带有一种江浙文人的柔秀和城府。像他们爱吃阴凉而敷上一层青霉的豆腐皮，那片空间也带着潮湿、渗满水渍的气息。当然他们在这个恐惧被歼灭的政治团体中，每个人必然都暗存了一些委屈、羞辱和沉默的东西。于是一种隐秘的风雅行为，在这些对未来绝望的文人之中流行起来。他们收藏那些敛抑、青灰色的印石。一开始当然是有明清文人传统的青田石。这种石头的颜色和光泽，非常像他们记忆中的民国政府：中山陵、南京总统府、遮蔽整条马路的法国梧桐，当然还有江浙小镇的青山绿水。这种印石简直就是他们这种人，压抑的时光之谜。但因为海峡军事对峙，这种青田石的货源极稀少，后来他们发现这个逃亡落脚的小城，有另外一种人，也暗藏着从故乡带来的石头。那些石头更斑斓、妖异，颜色更大胆极端，主要是那些人还带了极精妙的篆刻手艺。那就是原本在总统府里，这些江浙人看不上眼的福州人。回到故事的最开头，那个陈可骆，装在箱里的二十方寿山石。这些江浙人在他人的梦境，遇见了一种又是梦外之梦的、不可思议的截切。他们疯了。

后来他又陆续在那样的夜晚，梦游般地在那外国网站拍卖了一只康熙年间仕女与花卉青花瓷瓶；被荷兰人颈口镶银改装的香水瓶；一只晚清仿哥瓷尊，上端口沿和底端绘了五彩花卉枝叶，中腹端红釉绘了一条龙；一只晚清青花花卉、鸟、猫头鹰、凤凰图案带盖梅瓶；一只一看就是外销瓷的菱沿盘，金彩的塔和楼阁、青花的菊、红釉的牡丹、绿釉的山石，但杂以当时矿彩不常见的粉绿和淡黄；许多只英国当时当作餐具的金漆盘沿玫瑰花卉盘；最贵的是一只有灯草口的明宣德霁蓝釉观音瓶，最后拍价是两千四百欧元；还有一只八十八厘米高的金彩灿烂绘满古装男女在一宫殿里的广彩大地瓶，这个拍了两千欧元……

这些“恭喜您拍到这件宝物”的通知信，像岩礁的海鸥疯狂飞进他的电邮件箱，要求刷卡付费。他怎么会被这些一船一船满叠着运往欧洲又全塞回来的瓷器刷爆他的卡呢？几百年前的老祖宗，狂欢地在沿海港口旁有数百座大烟囱的窑厂，将数以万计的瓷器绘上青花或五彩，送进窑炉中烧成。它们根本不是中国皇帝和他的大臣、后妃会看到的妖幻怪物，它们粗制滥造、浓妆俗艳，许多绘了欧洲贵族的象征。它们确实出自十六世纪至十九世纪末中国瓷工的手指，但却是另一个次元的东西。

他偷刷妻子的卡，又分别向以前的一位老长官和一位中学老同学借了一笔钱。所有人都觉得他是老实人，没有人会想到，他那扑朔迷离、语焉不详的财务黑洞，是这些夜晚网络、陌生外国人拍卖的花里胡哨的虚幻瓷器造成的。他还去银行贷了一笔五十万的高利息贷款。这叫作临老入花丛吗？事实上，这些带着旧时光的污渍、破损、褪彩的十八世纪到十九世纪的瓷器，让他对他所置身的世界，所有其他的对象、影像（那些网络上的裸露美女），全部失去兴味，天人五衰，头上华萎，不乐本座，天衣污垢，天身秽臭，腋下生汗。

那些破瓦烂罐堆在黑乎乎的书房（他头顶的灯恰也坏

了，一揿开关，那四个省电灯泡便像触电之囚犯在嘶吼，便干脆不开灯了），但其实它们都是所谓的“贸易瓷”。四五百年前，景德镇某个无灵性、满脸煤灰的窑工，在背景像地狱之火的数百座巨大烟囱的火焰前，随意拿钴蓝原料乱画在素坯瓷瓶上。数万件这样的瓷器进窑时裹了煤灰，胎形歪斜，笔法潦草，瓶身所绘山石不像山石、花卉不像花卉，人物线条滑稽。它们叠于木头海船，在大海漂流，运往伊斯兰的世界，再通过伊斯兰商人，倾销欧洲。今夕何夕，这拍卖网站另一端的某个荷兰人、法国人、葡萄牙人、英国人，从他们的小巷破古董店，淘出这些瓷器，从网络再高价卖回给地球这端的中国人，也许见到本人就是瘪三。他知道在那些暗夜里，如飞蛾扑火在屏幕上和他抢标，一格一格抬高价格的，全是中国人。他们大多数人脑海里，以为只要是沦落在欧洲的中国瓷，定是当年八国联军焚毁圆明园时，那些士兵劫掠而去的。其实这些青花碗啊盘啊茶壶啊花瓶啊，全他妈是粗制滥造，像美国好莱坞卖给全世界的电影。那时的中国窑瓷工人，就是在捏塑，进高温窑，火里烧出倾销给世界的幻梦之物啊。

他想，那么我为什么又卷入这种奇怪的大幅度时间差的倒卖游戏呢？我们的描述里，当然可以加入：iPhone 手机，

Google，Yahoo，微软、英特尔笔记本电脑，噢，之前的Nokia手机，韩国车、日本车之前的福特汽车，富士之前的柯达，National之前的惠而浦洗衣机，Sony之前的美国增你智（zenith）电视，Marbolo烟，三五烟，牛仔裤，女人的乳罩，都彭钢壳打火机，*Playboy*，玛丽莲·梦露，披头士，猫王，西部牛仔，E.T.，迈克尔·杰克逊，迈克尔·乔丹，可口可乐，麦当劳，《麦田守望者》，《汤姆·索亚历险记》，巧克力……

世界花了好长的时光，让我们变成现在的这种人。有一天，未来的人若是要删除歼灭二十世纪的这些“物质文化遗产”，他一定跟他们拼命。怎么说呢？浑浑噩噩、情天恨地，像无数单细胞丛聚成一个似乎可以摆动的珊瑚，他们怎么知道那样挨聚着，最后会拼出一幅巨大、精密的设计图？一个一辈子没去过美国的家伙，他也是活在这样闪闪发光的对象之中。人活在布满电线的水泥钢筋房里，打开水龙头有加了氯的自来水流出，打开冰箱有停止了腐败的食物，有电话，再远的人儿无须空间移动即可贴耳说话，人可以在比猎豹还高速五倍的“电光雷驰”中移动……但好像，这一切紧凑联结着的，也就是绘在一只瓷瓶上的二维青花图案，一个卵壳上的扁平宇宙，将那瓷瓶摔破了，那个存在时间是裂成不同碎片的孤立岛屿。人们开始想：那覆于瓷器上，薄薄的一层，比任何现代投影之光屏还要近乎不存在的青花釉，那是怎样的一种文明压缩文件。不，摊平但始终在一圆弧上连续着的蒙光幻影之境，那些云鬟花钿、风流袅娜的古代女子，那些被云霞半遮的亭台楼阁、山川林木、骑马打仗、神仙斗法……它们其实就是上一个灭绝的文明，朝外层空间发射的讯息，几万年漂流，作为死寂和时间终止之后的纪录片。曾经历历如绘，灯会、集市、梨园，饮酒、品茗、狎妓、寒夜笙歌，繁华美景，全似乎静止，但又一瞬流动在那个薄薄的圆器上。

有一天，他按例到巷子拐角那间杂货店，领取国际快递寄来的大纸箱。里头会填塞着一颗颗小保丽龙（泡沫塑料）球，确实保护着最中心的那瓷器，像漂浮在子宫的胚胎，无论这纸箱在飞机货舱、海关货柜，怎么摔扔，或被其他行李压挤、撞击，都安然无恙。他抱着大纸箱，走在巷子里，有一瞬觉得眼前一切，像在银箔纸折的世界，阳光刺目到不行。有一个像丝袜那样的东西，罩住他的头脸，他后来回想，那应该是一改造过的大捕虫网，应该还缠了一层浸了浓浓乙醚的布料。那时他心想，这不是傅敖斯写的《捕蝶人》[1]？他的手抱着装了瓷器的纸箱，所以无法挣扎。但那捕

1　一译约翰·福尔斯《收藏家》。

虫网上沾的昏迷剂，对他这男子就太可笑了。他像被融化泡泡糖粘住翅翼的苍蝇，本能向前冲，颈脖和下巴感到那网子的纤维材质被扯裂了。

就在这时，应该是球棒，往他的头颅猛一击，他便失去意识了。

醒来以后，他当然知道被幽禁在一处地窖吧。也许就在他住屋附近的某一幢公寓的地下室。头部被敲击的后遗症，除了发旋上方肿起的裂痛，他感觉到眼球调光的灵敏性消失了，眼前一片青色。他应该是被关禁在一个比想象中还小的框格里？一个箱子？笼子？石棺？玻璃盒？他嗤嗤呜呜地笑起来。谁会有需要绑架他这个穷鬼？应该跟他这阵子在那海外网站买那些假瓷器没关系。或者是银行找地下钱庄的讨债公司来压榨他缴不出的卡债？不可能。完全不合逻辑。

有女孩啜泣的声音。他发觉自己并不是被关在小箱子里。至少身旁还有同样的受害者。他鼻子用心过滤吸闻的气味，并没有尸体腐烂或伤口脓疮的臭味。

“喂，”他试探地问那女孩，“你还好吗？”

女孩继续啜泣。

他说：“我们这是在哪里？”

很久以后，他也会背那些句子：

本羊脂玉，而略翳红影于其间。望之晻罩荧荧，如时世宫妆。欲施胭脂于颊，而尚以胡粉。仿佛旧诗所称芙蓉脂肉绿云鬟者。此最上神品也。惜吉光片羽，不满觏耳。钮二螭，颠倒卧，一红一白。长径各一寸，横四分。相传狐白裘有胭脂雪名，当类此。

他记得他曾这么说："你们江浙人最喜欢把别人关起来了。"事实的确如此，你想想那个被蒋关了半世纪的少帅，放出来后，关他的那个，老爸、儿子、儿子的儿子都死光了。这个人被幽禁、封印于一方小小院落，让那"活着的时光"在其内如孤灯荧荧摇晃，那一年一年的节气，和监禁的警卫变成家人，盼想被放的浮动心思。百无聊赖，回忆前半生，抄经，信教，祷告，然后有一天发现身旁的美人变成个老太太了……这种封印，多像剖鱼腹取金黄色的乌鱼子、剖贝取珍珠，所谓灯光冻，所谓封门青。被禁锢的时光，抽离了那个受难者的皮、肉、骨、血、排泄物，那些都是渣，要取的，是那灯辉黄色、青色、纯净、温润、冻状。像不像徐四金[1]《香水》里的那个葛奴乙，可以提取某一个人的"一生"：灿

1　一译帕特里克·聚斯金德。

若蜜玉，煌煌熠熠，形成一绝美的小小长方形器具内的香水。啊，江浙人迷封门青，说它是“灵”，清新见长，隐逸淡泊，所谓君子。它可不像福建寿山迷恋那些浓艳，那些醉金耽红、华丽颓靡。还有被关了几十年的“东方隆美尔”——百战将军孙立人。这真是奇怪的癖好，他也不是虐杀摧残你的肉体，而是耐心地关起来，你一辈子就得在那小小方寸间，你活着的唯一意义，就是半世纪后写回忆录。有什么好写的呢？精彩的都是被封印之前的辉煌时光，但这之后都是凝冻，拘起来，无从走脱的蕴蕴内藏。一种青色的忧郁。

这是否就是那个家伙，抓他还有一些不认识之人，幽禁在这地下室的原因？“江浙人喜欢把别人关在一个小框格里”？关他的那家伙（后来他都叫他“印章师”）听他这么说，哈哈大笑。他说：“我师父倒是江浙人啊。”包括豆腐乳、发臭的莼菜、霉干菜、表皮长蛆的风干火腿、上面覆了一层长毛白霉的豆皮、发臭的鱼……江浙人特喜欢这种万事万物被时间浸染了、发出霉味、折亮度变得朦胧的状态。

重点还是那个小女孩，她被称为“水坑桃花冻”。所谓“朱砂沉，桃花开”。但她还那么小，对人世近乎无知，为什么印章师也要将她拘来封印呢？有一次印章师如常从一小塑料瓶挤出滑腻的婴儿油，涂抹在他的身体上（有时他会很不争气地，阴茎勃起，或乳蒂翘起），这是所谓的“保养印石”。他把这个疑问对那喜怒无常的家伙说了。

印章师说：

当年演八七版《红楼梦》里林黛玉的那个陈晓旭，在四十岁出头便香消玉殒。许多人说她始终没走出当年扮演黛玉的魔咒。事实上，我回头从Youtube上重看当年的那经典古装连续剧，整个被画面中的那个黛玉迷得神魂颠倒。特别是“葬花”一段，我真是在计算机前泪流不止。这个女孩是如何从那个年代找出来的？眉眼、形容、削肩、纤弱身子、一颦一笑，整个的就是张爱玲叹服“没有具体衣饰，只是一种精神存在”，怎么可能在时空中出现一个能扮演林黛玉的女孩？但你看那三十多年前，画面光雾已有些花糊的影像，那个林妹妹真就是个烛影或剪花中蜕出来的林妹妹！尖削的下巴，宝玉浑说时盯着宝玉，有点斗鸡眼的聆听模样，人群中一个细微的表情涟漪，那和宝玉私下死啊活啊你证我证的虐心，那么单薄如影如描线的流动存在，要内承那么高爆的爱情燃油。真的这个陈晓旭演的林黛玉，灭了当年赵雅芝演的苏蓉蓉、张曼玉演的阮玲玉、朱茵演的紫霞仙子。因为林黛玉是一种“波”的存在，她没有粒子投影的实相，整个人只存在于衰老宝玉回忆的波光幻影，细细碎碎的玻璃碴子，追忆逝水年华的光源的调控，她是不可能落实成一现实中的凡胎肉体。但我重复看着那影片中的林黛玉，越发觉得没有能比她演得更形容宛然的了。怎么会有个活在二十世纪八十年代的女孩，能像融烧冰片，把自己一个一个细微的举手投足，像析光仪的投影，那样投射出“啊，就是曹雪芹笔下那绛珠仙草”，那个“质本洁来还洁去”“冷月葬花魂”的意识流。

当然我也看了许多网络链接，这个陈晓旭在过世之前曾出家，拒绝乳房切除及化疗乃至被癌症急遽吞噬。那些人当年也还是小男孩、小女孩，一起关在剧组三年，演宝玉的，演凤姐的，演袭人的，演宝钗的，演刘姥姥的，他们悲不能抑地回忆着这女孩种种特殊之处。

我被这件事魇住了。每个夜里在网络上，搜寻有关她的纪录片、很多年前在大学的演讲、被主持人提问的采访节目。三十多岁时的她，和当年那个黛玉已完全看不出任何关联。她的脸盘变大了，因此眼睛显得小，说话还是细声细气，但腰腹看去已见成熟女人的赘肉。她已是一家广告公司的董事长，主持人问起她喜欢人们怎么认识她，她顿了许久，说："我还是喜欢人们说我是林黛玉。"但她已经死去了，我是在这一切都成为往昔烟云时，才看到了三十多年前的这个剧，这剧里那和时光脱钩的她。我无从找到任何一种方式，去向她表达我的——以前说戏迷，现在说疯狂粉丝——嗟叹、迷恋、敬爱、崇拜。

当时印章师没有说更多了。所以他掳来那小女孩，"水坑桃花冻"，是因为她长得像那个曾经演过《红楼梦》里的林黛玉，演到惟肖惟妙、神魂如一，然后戏结束了却走不出来，几年后也死去的陈晓旭？

他想，这他妈的神经病。但他倒是想到自己在被掳前几天，在网络上跑去陌名外国拍卖网站，买的那些青花瓷器，他似乎可以和印章师好好聊聊网络这件事。那个视觉暂留，所有事物都只是原本那个世界的翳影、波光、既视感。像那个绕口令："提锡壶，游西湖，锡壶掉西湖，惜乎锡壶。"影子的影子的影子，没有的之外的没有。

光绪《青田县志》："枫门洞在县东廿五里，岩穴深广，可容百余人，出冻石温润如玉。中有五塘，其水冬夏不竭，莫知其源，听之全然有声，石产塘中者尤佳，土人呼为五塘冻石云。”

他倒是身体记忆清晰，这地下室，感觉有个蓄水池，夜来水声晃荡，泼剌清晰，可能是半世纪前，老公寓建筑法必挖的消防贮水池。印章师有时会跟他和“水坑桃花冻”聊一些印篆那行的前辈故事。譬如后来专画梅花的陶寿伯，那也是江浙人啊，他可是真正的篆刻大师，你看他的号是万石斋主，溥心畬曾写他“飘然遐岸，慷慨奇士也”，说他画梅“则古干生烟，凌风欲起，笔以欹侧生姿，敷花婀娜，觉孤山处士之风，若可揽接”。但这人真正的灵魂在刻印不在画梅啊，篆刻之人多出身苦寒，且习篆之途，多在临摹古碑帖、古印，各种篆字透过切刀在便宜石材上，体肤骨骼一寸寸刮削。你看齐白石是木匠出师；吴昌硕说自己是“印丐”；陈巨来“元朱文天下第一”，但也说不出的市井气、锱铢计较之气。

这个篆刻神人的印，出现在张大千、溥心畬、吴湖帆、叶恭绰、冯超然、张伯驹、谢稚柳的画上。他的元朱文、满白文，可以说是一部民国史，那个章法、刀法，好像穿透到那些文人薄纸墨意的隔壁。这里还有听京剧、昆曲、评书的戏院，那挨挤捂蒸着汗臭的人群，这样的人，一生刻了三万多颗印，也就是剥解了三万多个文人名士的内在骨骸。那样的运刀凿石，溜出像小迷宫的花鸟篆，基本上他脑袋里的褶叶回路亦正亦邪，也就是神仙那样的人物。这样的老头，总喷吐着烟，吃着燎煳味的粥和咸菜，好喝点白干，即使老了，身边总围绕着年轻、白皙、高挑的美女。

印章师说，这个老头，“文革”时很吃了一些苦，坐过牢，到农村下放过，但后来出了本书，揭了许多民国时期他的名人旧识的八卦，包括章太炎、吴湖帆、徐志摩、陆小曼、梁思成、吴昌硕、张大千、胡适……他们屁大点儿的事，抽大烟的，嗜嫖的，搞朋友妻的，刻印章可以刻到这么进入名人圈，也真是奇了。但他感觉印章师除了吴昌硕，似乎内心最尊敬的就是这位陈巨来。他时不时拿出这个老头的印谱来和地下室的这些被囚者分享，一边解说那些篆字的高妙奇处，一边忍不住啧啧赞叹。印章师说，这老头是最幸运的，他那个年代，帮名人篆刻，手头经过的田黄石和明代青田石、封门青，不知几希。那真像一生玩过各种顶级美人的登徒子中的登徒子，想想他的篆刀，刷刷刷全是所谓“飞燕之体，玉环之肤”，那柔细深邃，仿若湖水烟波的老青田石。这对刻印之人来说，比天天吃燕窝干贝、钟鼎美食还要幸福啊。

印章师说，不过这个陈巨来，从来没来过台湾，可说和台北的篆刻史没有关系，但这人就是典型的江浙人啊，你想想，篆印一门，大师尽在江浙，而后来台北几乎清一色的福州雕工，是不是很不合理啊？但说起台北的篆印，不能不提王壮为，他可是河北易县人啊，但他的刻印，取法赵之谦，赵可是浙江绍兴人啊，这是从秦汉玺印，宋、元、皖派，秦诏、汉镜、泉币、汉铭文与碑文，这些古文字灵魂入印者啊。王壮为和台静农是酒友，据他儿子说，这位刻印大师老爸，极为爱哭，老友丧礼大哭，年过半百想起母亲也大哭，说来这好酒爱哭，整个的就是江浙人的“南方的忧郁”，青色透光的，梅黄湿雨的，水泽小拱桥的，舟上载着戏子的，到了老头还悲切喊着姆妈姆妈的调调。印章师说，浙派篆刻，后来的“西泠八家”，都是讲究摹拓、摹碑，“苍劲质朴”，这些人经历的清中期至晚期，南方经济的崛起，清朝廷的衰败，西风东渐，他们内在的褶皱，就如山岩峻壁一样，充满暗影、晕染、枯墨。印章师有天还拿了一枚蒋仁的“真水无香”印，让他们揣玩。

他记得，在那个地下室里，除了他和“水坑桃花冻”，还有四五个年纪与他相仿的男子，但他们已变成近乎封门青章料的形态，脸廓模糊，微透细腻淡青色，几乎已不说话了。就是一方一方气质雅逸的准印材了。而除了“水坑桃花冻”，似乎这幽禁在地下室的所有男子，都叫“封门青”，包括他，也叫“封门青”。但也没有加上编号，譬如“封门青一号”“封门青二号”以辨别。

有一次印章师闲聊中，说起“封门青最好受刀”，他吓出一身冷汗，脑海中浮现那些深网中的影片，用各种解剖刀将一个被药物迷昏的金发美女，切下乳房、鼻子、耳朵，旋削一片一片皮肤，然后肢解的变态屠夫。但印章师好像只是淡淡地在讨论印石，确以青田石，尤其是青田石中的封门青，最适宜雕刀切入，就像船夫在最柔绿的江水中撑篙，一种在他石无从感受的隐逸淡泊。

但有一天他会用那篆刀戳进我的身体吧？他想。想象着自己没有人体的痛感，血流满地的残酷的景象，而是变成一方仙化的，发出淡青光晕的印材，然后被印章师专注地盯着。印章师眉心凹陷，显出一道常年皱眉形成的峡谷，将一个个古代的青铜铭文、碑文、石鼓文、铜镜文、帖文，凿入他的变形之冻。没有比这个还变态，像是科幻电影但其实那么古老那么美到极致的艺术。

夜那么深

陈雪 / 文

因为接受杂志采访，记者约在一个咖啡馆，安娜又回到了那条街。

温州街，约好的咖啡店她没去过，大约知道地点。安娜下了公交车，走过地下道，出地下道后看到屈臣氏旁边的卖衣服小摊不见了。从诚品书店旁的巷弄走进温州街，沿途有一些新开张的店——服饰店、饰品店，但是以前常去的咖啡店变成一家看起来很奇怪的店。她沿途走过去，看到雪可屋歇业了。

她至少五年没来过这条街了。

曾经，这条街是她生活里最重要的地方，几乎每个周末她都会到这儿来，她熟悉这条街上的每一块店招。即使没有约人，就是来买书，走走路，也能度过一下午。

那段温州街的时光，大约都是这样的行程。下午时分，安娜与小陆从中和住处搭672公交车到达罗斯福路台电大楼站，穿过地下道时会有个老伯伯卖花，一把十元的花有各种品项。出了地下道，屈臣氏旁边左转，有摊卖民族风服饰的小摊子。安娜以前穿着大胆，但近年颇喜爱棉麻质感衣衫，小摊子老板娘人很富态，做事细心，小小店铺大约一坪[1]，要试穿就得用一块布挂在墙角权充试衣间。小陆才二十几岁，本不是会喜欢这类服饰的年纪，但或许因为跟安娜在一起，也或许他本就有老灵魂。其实安娜并不完全明白年轻的小陆心中所思所想，反正只是逛逛。

早餐是随意打发了，这时若有点饿，就在路口的阿里港吃一碗鹅肉面。鹅肉是熏制的，安娜很喜欢鹅肉面的汤头，但中部来的小陆吃不惯，就吃干面配小菜。吃完点心，先直奔位于地下室的政大书城，小陆寻找研究所要用的参考书籍，安娜浏览刚上架的文学书，或者挑选才从朋友口中听来的某某经典，总是会有可以买的。各自结账，买完书，转进温州街，有家小店触动她的回忆。二〇〇二年刚到台北，那时的女友也年轻，总与朋友约在这家小店，排骨饭、鸡腿饭

1　1坪约合3.3平方米。

配冰红茶，价格实惠，店里都是大学生。那时安娜头发短短的，三十岁的她，被爱情折腾，感觉自己已经很老了。有几家专卖运动登山等户外活动用品的店，安娜在这里买过防风的头巾与水壶，没事也还是常逛。那时她也刚买了脚踏车，到台北之后，第二次买脚踏车，但其实她爱搭公交车，喜欢走路，认识台北都靠着一班一班长途公交车随意停下后迷路似的长征。不过她最常去的地方还是那几处，台师大、温罗汀——那时好像还没有温罗汀这称号。公馆就是她的生活圈，买书，买衣服，逛街，吃饭，见朋友，这一个区块可以包办她生活中的一切所需。

与朋友相约的时间还早，她拉着小陆去逛位于地下室的唐山书店，再冷门的文史哲书系在这里都能找到，然后是秋水堂书店，买简体字书籍，老板还会提供热茶，随意一晃就是个把小时过去。这时提袋已经很重了，走到约好的咖啡店附近，小陆问说要不要去逛逛奥特莱斯。自从发现温州街有家品牌特卖店起，他们总是会去逛逛，有时能捡到两三折的好货。品牌店以前是挪威森林咖啡，安娜刚到台北时还朝圣似的去过几次，明亮的外观依旧，推开玻璃门，还会有进入咖啡店的错觉。

服饰店专售各种小众设计师品牌，设计感十足，价位却很亲民，若能捞到千把块的外套或裙子，安娜就会下手。小陆家境优渥，两三千元的衣服也能入手，所以安娜多是逛逛，这些衣服对刚满二十岁的小陆来说略显成熟了，但或许他要的就是显得成熟，以便消弭自己与安娜之间十岁的差异。

买或不买，逛完就离开，再往前，温州街邻近巷弄辐射出去，还有好多咖啡店。有家以可丽露闻名的咖啡店，是诗人前辈的最爱，门前绿篱围绕，总给人庭院森森之感。另外还有窑烤比萨、地中海料理、三角公园，阳光晴好的日子，安娜时常在这个小公园晒太阳，看附近街猫走来走去。

再往前，温州街到了这一段多是老旧房舍，有些屋前堆满杂物，墙壁用破旧的帆布遮挡，已经近乎废墟了，门前却还种植着茂密的盆栽，显示这儿仍有人居，并未荒废。二〇〇六年，她登上某文学杂志封面，从来不将照片公开的她，也鲜少拍照，当时封面照片就是在这里拍的，背后是老旧的屋子，堆堆叠叠的回收物。摄影师说，这里气氛很好。安娜站定，不自在地微笑，那时，她无法随意面对镜头，也没有想过几年后她会变成时常接受拍摄的人。

那时生活里的一切都很简单，几百元的衣服，几十块的小吃，或者永无止尽地散步，可以走到地老天荒似的。

时间来到六点钟，远远已经看到朋友在咖啡店的庭院抽烟，安娜对朋友挥手，他们快步走上阶梯，在门口拥抱，然后推开门进屋。屋内宽敞，装修过几次，后来的风格是混搭风，皮制大沙发，古典扶手椅，每一张桌椅都不一样的。老板娘丰满豪爽，时常会招待大家吃她做的蛋糕，来的好像都是熟客。老板娘还开了另一家店，是安娜与这群创作者朋友最初聚会的地方，左转巷子里的另一家卖比利时啤酒的咖啡店。那是哪一年？二〇〇四年四月，小说家自杀后的告别式，他们一群人去参加丧礼，离开后心里都有怅惘，安娜那时刚到台北两年多，还在跟抑郁症搏斗，五年级作家已经有三个人自杀了。

那时，仿佛是匿名戒酒协会，或某种协力自救的默契，“不要再让我们之中有人死去了”，每个月大家都会选一天聚会，咖啡店、小酒馆，哪儿都好。最初有七八个人，诗人、小说家、导演，都是五年级的创作者，定期找个地方，三明治、蛋糕、炸物拼盘，或意大利面，有的没的点一桌，然后是啤酒、咖啡、调酒，一杯杯端上来，更多时候都在说话。很奇怪，一向孤僻的这些人，聚在一起却有说不完的话，安娜那时感觉自己第一次处在某个群体中不觉得自己怪，因为大家都太怪了，甚至，在那时，自身的孤怪像是才华的一种。他们轮流说着故事，故事与故事衔接，因着某关键词或相关主题，或响应某些感觉，就再说另一个故事，就像爵士乐，可以一直不断地衍生下去。

安娜记得有一次大家去看试片，最好的时光，看完去喝咖啡，喝完咖啡又乘车去一家酒吧。酒吧太吵了，讲话都听不清，他们一群人搭着出租车到处晃，想找安静的地方聊天却苦苦不可得。那天晚上不知换了几个地方。

后来还是回到他们的“后花园”。对，那家卖比利时啤酒的店他们昵称叫后花园，因为第一次聚会就是在店后面的小花园，那里是半开放空间，可以抽烟。那时安娜是两天一包烟，而其他人也都是烟枪。

后花园的聚会持续了一段时间，但发现店里生意太好，并不是时常可以订到花园座位，而店里虽然空间很大，但因为客人太多，不方便聊天。有一阵子他们先转到附近一家酒吧，因为里面座位都用薄纱帘幕区隔起来，灯光又都幽幽暗暗的，就被他们戏称为“后院”。后院开得很晚，夜里没什么客人，因为熟了，老板有时还特别让他们待久一点，最久纪录是坐到了凌晨四点半。

在后院聚会的时期，仿佛蜜月期，持续了好几年。安娜与小陆的爱情也开始于后院时期，小说家 Y 与他的野蛮女友也相恋于此时。那段时光好像人人都在恋爱，或为情所苦，不同于在后花园时期，那时安娜漂泊不定，其他人除了已经结婚的L，也都还单身。第一次聚会时安娜说了自己在国外的情爱冒险，后来，有一两年的时间，安娜也都还在尝试各种关系的可能，安娜终于与一个人开始交往，那段爱情灿烂而短暂。很久之后，L还会常问起："那个很优的人后来好吗?"后花园时期，安娜就谈了两段恋爱，大家都见过，后来也都分开，变成朋友了。

到了后院时期，因为身边总带着小陆，安娜是以感情稳定者的身份出现在聚会里，过往光怪陆离的冒险故事没有了，但依然有好多话可以说。安娜印象最深的是每次到了都会点餐，烤鸡翅、炸薯条、干酪球的拼盘，安娜总是先埋头苦吃，吃饱了才开口。那时，真的好穷，吃惯了自己煮的杂菜面，只要有外食的机会，安娜就是猛吃。那时大家都还年轻，从三十岁到四十岁，正值创作力最丰盛的时期，那时他们有讲不完的话，说不完的故事。

好多往事都是在聚会的时候想起的，她感觉自己生平第一次可以融入一个群里，而且是主动自愿，积极地想要与这群朋友在一起，那时友谊似乎比爱情更浓更持久。一群人每月聚会，平时还要写邮件往来，邮件一写就好长好长。有一段时间，他们甚至还申请了一个私密的部落格。无论是聚会、邮件往返，或部落格里发文回应，都是一种秘密集会的气氛，私密而亲近，但后来也是因为部落格里的发言跟实体聚会不一样，一个擦枪走火，闹得不愉快，有人退出了聚会，关闭了部落格。

从二〇〇四年七八个人聚会，到二〇〇六年安娜与小陆在一起，聚会人数一直在减少，后来就这么固定下来，固定班底是安娜与小陆，Y与女友J，L总是单独来，偶尔会有导演D，或者演员M。在后院的包厢里，烟雾缭绕，桌上小食被安娜一点一点吃掉，他们像是轮唱或变奏，从一个故事换到另一个故事，仿佛天地间只有在那个包厢里的人是最熟悉、最了解彼此的。小小包厢又像是教堂的忏悔室，他们对着彼此倾诉近来发生的衰事、糗事、不可告人之事，以及难以置信的事。那时的人生，即使不谈恋爱，也还会有好多怪事发生，他们仍处在必须动用全身心所有感官去感知、体验、经历世界的时期，小说仿佛是吸收了他们的血肉与魂魄才能兑现出来的。那时他们身体都还很好，每次聚会都会聊到酒吧打烊为止。

有一次，聊起了彼此的创伤，小陆提起母亲的自杀，Y是父母十年前突然相继罹患癌症离世，L则曾在远方抢救他中风病危的父亲。安娜呢？安娜已经自我放逐，远离原生家庭好长时间，他们像一群孤儿似的，诉说着那些流离的往事。那晚，说得动情，D 说起小时候父亲对他严厉的管教，种种斯巴达式的教育方式。D 一向寡言，那晚却特别激动，大家听 D 说话时，都静默了，看着眼前这个模样特别好看的男子，说着自己孤独痛苦的童年，语调中仿佛有一种他还是个少年的感觉。那晚他们坐在靠街的座位，墙边有一扇小小的窗户，安娜看见一轮新月就挂在窗户外头的天上，仿佛也在静静听他们说话似的。她是个孤怪的人，从来也没有什么亲近的朋友，可是在那一晚，她深刻感觉到友谊与爱情聚集在一起，是她未曾感受过的。安娜小心翼翼说起大学刚毕业时那段凄惨的时光，有一个假日的午后，想要出门去租录像带，走下楼发现忘了带走要归还的片子，她又回头，打开门想走进去拿一下就离开，没有关上的大门随即闯进了一个男子。“乖乖听话，就不会有事。”男人说，手上的报纸里拿出一把菜刀。安娜冷淡叙述那个午后的遭遇，小心拣选字眼，缓慢地说出口：“我曾经被陌生人伤害过。”众人皆静默。她看到易感的 L 流下眼泪。

后来酒吧打烊了，他们一群人走到外头抽烟，D 淡淡说起自己当兵时在电视新闻里发现初恋女友被人奸杀。那时起了风，一阵恶寒吹过了每个人的身体。

细节都不重要，重要的是，为什么在那时，对着那群人，说出了自己的秘密。

他们沿着温州街巷子往罗斯福路走，走一段，停一段，要去路边拦出租车，却又在屋檐下说了起来。冷风中，话语都在颤抖，可是想说出来，知道这些话会被朋友们记住，且深刻地理解。他们边走边停，看到D好看的脸一时暗了下来，眼神里有苦痛的火光。安娜想着他听到女友的死讯的当下，几乎感觉到那惨烈的死亡就在眼前，忍不住闭上了眼睛。D要怎么度过呢？她焦急地望着D，他说，他被关在碉堡里好几个月，他每天猛灌高粱酒，一天又一天，都在酒醉麻痹中度过，才没有自杀或杀人。

当时，安娜觉得自己永远忘不了那一夜。一条短短的街，他们将之走得非常漫长，仿佛人生一瞬，都浓缩在了这条街。那夜深沉到底，然后转向天明，悲伤的故事被倾吐，聆听，收容，接住，融化开来不知道变成了什么，却永远停驻在这些人的身体里。

临别时他们拥抱了对方，抱了又抱，不是情人那种拥抱，而是一种知己的感觉，心中拥堵的安慰话语都说不出口。L眼睛还红红的，D的低沉声音仿佛还在微光的路面飘动。他们在即将天亮的街头，走进了友谊可以到达的最深处。

那晚回到小套房后小陆大声痛哭，大吼着：“你发生过那么痛苦的事为什么没有告诉过我？为什么要选择在朋友面前突然说出来，让我不知道怎么反应？”安娜不知道该怎么安抚小陆，她只能说，那件事，她从来也没有告诉过任何人。她都不知道自己为什么会说出口。

后来有一天他们如期而至，发现后院歇业了。此后他们转战到有露台的那家咖啡店，他们称之为“鲁米耶”。那之后，Y 的女友离开了，后来，小陆也离开了。

安娜记得最后一次与小陆跟众人见面，是她发现小陆外遇之后，小陆与她回到台北，电话里 L 对安娜说千万不要跟小陆分手，他会跟他妈一样自杀的。

他们回到了鲁米耶，最后只剩下他们四个人，Y 与 L 陆续安慰，劝慰，后来安娜说她去附近走走，留下小陆与他们对话。安娜走到雪可屋，再往前，就是他们常买衣服的那家店，她在店门口大哭，所有往事好像都堆叠到这条街了。这条她最爱的街道，会不会成为她再也无法踏入的道路呢？她要怎么剥掉密密麻麻覆盖在这条路上每一家店、每一棵路树、每一块石板上她与小陆曾经走踏过的记忆？为什么要用外遇这样老套的方式结束这个爱情？她想着，为什么？可是，为什么不？她自己做过更背德的事，道德从来不是她关注的主题，或许从头到尾小陆都不属于他们，安娜甚至怀疑自己是否理解过小陆。

她站在雪可屋门口，远远望向鲁米耶，朋友们在加高的露台上聊天，仿佛是一场舞台剧。她想起许久前自己从台中搬到台北，那时孑然一身，身上只有五千块存款，是这群朋友接住了她——或者他们接住了彼此？在那场丧礼过后，他们想要骗过死神，拦住那一个接一个自杀的五年级小说家集体往断崖下跳的恐怖气氛。他们陪伴着彼此从三十几迈向四十，那些年里，大家的生命都经历许多创痛，他们都正在拼命想写出自己最重要的作品，他们身边的恋人来了又走，安娜怎么以为自己会与小陆长久？她一点都不明白自己在痛苦什么。她与小陆有着比她想象中更深刻、复杂的感情牵绊，或许她与这群朋友也是。她是个无情的人，所以她动起感情，杀伤力就是这么强。

他们在劝小陆什么呢？有用吗？已经破裂的感情可以追回、能够挽救吗？

她迟迟没有返回那张桌子，而是在这条街巷走逛了起来。这条街是属于她的，小陆的参与只是丰富了记忆，并没有垄断全部的风景。她记起有一次聚会时L谈到波赫士[1]，安娜惊讶地发现自己竟然没有读过，回家后第二天就搭着公交车去书店找，扛回厚厚三大册波赫士全集。还有大江健三郎、安部公房、柯慈、萨拉马戈、扎伊尔德、鲁西迪，好多好多书都是聚会后才买回去啃读的。温州街的路面上印满了字，在安娜的记忆里是这样的，那些老屋、咖啡店、公园、曲折的巷弄，她好像经常一个人走着，肩上背着书袋，内心激动地想要找一个地方，安静地读书。可是路途上又会被某棵路树吸引。有很多特色咖啡店，但她常去的就是那几家，可是即使没有走进去，那些店招依然吸引着她，一整条路上的咖啡店，名字组合起来像是一首诗。

那次的聚会之后，安娜与小陆就散了。

但聚会还在，最后只剩下三个人的聚会，却依然高密度、长时间地进行着。他们总是在鲁米耶，后来终于加入了从高雄北上的哲学家K。K的来到，让聚会多了更多故事。

然后是二〇〇九年，安娜与昔日恋人阿青的重逢。事情发生得很快，重逢，恋爱，结婚，都发生在三个月内。她与阿青在花莲结婚时，朋友为他们拍了影片，回台北后安娜很

1　一译博尔赫斯。

快就约了L与Y，把阿青介绍给大家。他们在鲁米耶的那个阳台上，对着狭小的笔电看结婚影片，L与Y两个男人看得一脸是泪。

“此后我们是一家人了。”L这样对青说。后来有一段温暖的时光，每次聚会，安娜心中都有种不可思议的感觉。自己竟然变成一个安定下来的人了，朋友们都很爱青，她以为自己永远也不可能安定下来，她曾经以为这辈子再也见不到她心心念念的人。

此时，安娜又在这条街上走动着，她赫然想起自己已经习惯了网络购书，逛书店的次数很少，后来他们转战到青田街的咖啡店也已经好多年了。安娜想起自己最苦痛、混乱、迷惘的三十几岁时光，几乎都是在这条街上的那几家咖啡店里度过的。她也想起那群朋友，聚会的朋友又加入了一些，也减少了几个，有许多难以言喻的过程，友谊也有成住坏空，或许因为大家都变得更忙了，也或许因为有脸书（Facebook）。不知为何，他们再也没有写过那种掏心掏肺的长信了。

安娜看着这一片熟悉却又陌生的街景，无论多亲密，多熟悉，关系无法保证永远不会改变。一条街与一个人的命运大抵也是如此，街景并非恒常不动的，或许你变了，或许是这条街变了，安娜想着，终于有一天，你以为会拥有一辈子的朋友，关系渐渐淡了。而温州街，对她来说，也变成了一个与昔日记忆里大不相同的地方。

有些事只会发生一次，有些事可以发生很多次，然后再也不会有了。人生长河里她曾经在一条街上，与那么多亲爱的人在一起，夜那么深，他们依依不舍地告别，L还要探头到出租车跟安娜说："回家后记得打电话。"在出租车上安娜总是很激动，回到家往往还要花很长的时间才能平静。夜那么深，仿佛会走进黑暗里再也出不来，这条街，就像D的那个碉堡。他们说的话，讲过的故事，那些拥抱，就像高粱酒灌进身体里，但得到的不是麻痹，而是一种近乎于爱，不，那确实就是爱，一种纯度极高的友爱，确实让她骗过了死神，熬过了最绝望仓皇的岁月。

C 访谈

伊恩·麦克尤恩：

我可以活在这部小说里

张悦然 / 采访

我要为《钢琴课》辩护，这部小说的每个字都很重要

张悦然：《钢琴课》是你迄今为止篇幅最长的小说，对吗？

麦克尤恩：对。

张悦然：你曾经说过，大多数大部头的当代小说，可能只有四分之一的内容被读过。很多 15 万字的小说，如果篇幅缩减到三分之一，效果更佳。对于作者来说，在量和质之间取得完美平衡是一项颇具挑战性的任务。你出于对完美的追求，更倾向于写篇幅较短的小说，对吗？篇幅大致在两万到四万字之间。那你如何说服自己写出《钢琴课》这种体量的小说？又如何能够确信，这部小说的篇幅不能再缩短？

麦克尤恩：问得好。我大部分时间都在写两万字至四万字的短篇小说。但我写的很多小说也挺长，尤其是《赎罪》、《追日》和《我这样的机器》，都有300页吧，十多万字。《赎罪》有13万字，这本《钢琴课》将近17万字。但是，没错，我得说，很长的那种小说，比《钢琴课》长得多的那种，尤其是来自美国的小说，900多页巨大一本，比《圣经》还厚，却往往配不上它们的篇幅。

从我自己的角度来看，这就是等了很久才动笔写长篇的原因。我写的是整个人生。因此不可避免地需要有足够的空间来涵盖整个人生。好吧，你需要打开一片空间。但我认为，你也必须考虑到小说的创作过程，总是要从底层，从单词、句子到段落来向上构建。

将它分成三个部分。每个部分有四章。我会专心致志地写每一章，完全沉浸其中。每一章大致是一万字到一万两千字。我会忘记其他一切，忘记已经发生的事，忘记未来要写的东西，就把它当作一部一万两千字的小说来写，完全沉浸在小说里。我认为这样才能让小说配得上它的篇幅。

所以，没错，这就是我的答案。专注，把一件事分解开，花几个星期、几个月专注于其中某个部分，而不是疯狂地写下去，陷入完成一部长篇小说的英雄主义情怀。这对我来说相当重要。因此，我要为《钢琴课》辩护，这部小说的每个字都很重要，每个章节都很重要。我认为所有的写作、所有好的写作都应该自下而上、持之以恒地进行。

我关注的还有另外一个维度，即人物在时间中的变化

张悦然：在我的印象中，除了《钢琴课》和较早的作品《赎罪》，你的大部分小说时间跨度都不大。不过《赎罪》其实主要围绕三四个时间点展开，并没有像《钢琴课》一样，几乎覆盖了罗兰十三岁之后人生的各个年龄段，将时间的流逝呈现得非常均匀。是否可以说，在这部小说里，你投入了更多的精力去思考和处理“时间”这个问题？这会给写作的过程带来哪些不同？

麦克尤恩：我想谈人物，谈我们如何在小说中塑造人物。对我来说，这始终是核心要素之一。因为创造关于人物的假象似乎是小说的一个奇迹，会让读者觉得，书中人物几乎就是他们认识的某个人，或者说，小说的可信度如此之高，以至于你真的感觉这个人物可能会出现在生活中——至于你是否希望他出现在生活中，那又是另一回事了。

有时候，一些阅读经验不太丰富的读者谈起我的小说，说的都是人物。他们会说自己喜欢某个人物，就算他们说"我不喜欢这本小说，因为我不喜欢这个人物"，谈论的对象仍然是人物。他们会把书中人物当成一个真实的人。我想我成功了。是否真实并不重要。所以，即使专注于写现实主义小说，也要明白，小说的"现实"是纯粹的虚构，是为了创造一个我们共同拥有的、都能够辨识的世界的假象。

我关注的还有另外一个维度，即人物在时间中的变化。是啊，我们都会经历人生之旅，（成为）在各个方面截然不同的人。十五岁的你和五十五岁的你很不一样，但从某种意义上说，你还保留了一点不变之处，那就是"自我"的幻觉，一种非常强大的幻觉。所以对我来说，在写作生涯中已经花了那么多时间、精力来塑造角色，最终有必要试着让角色去经历一生。

于是我们看到《钢琴课》的主角罗兰八岁时经历苏伊士危机，也看到他变成七十多岁的老人。我想回顾自己的经历，回顾我们这样的人怎样变成小说家。如果回顾过去，回顾童年和青少年时期，你在三十岁时讲述的故事可能和现在讲述的不一样。你会不断地重新审视和重新塑造过去的经历。也许当你也为人父母时，就会对自己的父母更宽容一些。爱情带来的失望或者成功、抚养孩子、工作中的成功与失败，都会改变你对自己过往故事的定位。经年累月，你几乎就像一条蛇，一路蜕变，但在本质上，你仍然是那个你。

我对《钢琴课》这部小说最着迷的地方就在于此。我第一次能够审视作为自我、作为很多个自我的感受，不管是七十岁还是十岁的阶段。我还审视了童年时期的负面经历，譬如性虐待，是如何造成阴影的，但不完全理解它。罗兰直到五十多岁才听到“虐待”这个词，警察碰巧提到了，他才开始面对它。

要说我自己和家人的关系，有一个重大变化，就是当我发现我还有个哥哥的时候。所以小说是自传性的，直接源自我的经历。罗兰二十多岁时对家庭的理解，与他五十多岁时的理解完全不同。因此，我认为这是我们每个人都能以某种方式得到共鸣的故事。我们的生活中都有阴影，也有光明，而重新审视这些东西非常重要。这是我对人物兴趣的一种延伸。

人生不会止步，唯一的办法就是遗忘

张悦然：在之前的采访中，你曾经提到 19 世纪文学的宝贵遗产在于其塑造人物的能力，现代主义抛弃了这种技巧。那么，你是否认为，把握人物形象是你的小说在商业上取得成功的一个关键因素？

麦克尤恩：现代主义很有意思。我认为现代主义绝不能被低估。这是一场美学革命，你永远无法绕开它。我认为，它改变了作家对自己作品的感受。有趣的是，不少反对现代主义的作家，比如弗吉尼亚·伍尔夫，她说人物已经死了，但她笔下的人物却很美。达洛维夫人就是个绝佳的人物。最伟大的现代主义作家可能是詹姆斯·乔伊斯，他最伟大的人物之一——斯蒂芬·迪达勒斯也是如此。无论这些作家怎么抗议，他们都无法回避人物。有些法国实验小说试图完全避开人物，但它们非常枯燥。这种文本是有趣的实验，但无论是商业小说、非商业的文学小说，还是其他什么，故事的生命线仍然是其他人。我们总是被其他人的所作所为吸引，谈论其他人。四处八卦，是我们生活中的一大乐趣。

所以，是的，人物绝对是核心。我们对朋友在做什么、政治家和文化名人在做什么都很感兴趣，但表现这些却完全是另一回事。我想，如果你去读1 000年前的文学作品，就会发现刻画人物的方式很不一样。可能有英雄、战士、神，但没有那种内在的感受。我的意思是，在西方文学传统中，16 世纪末进入人们视野的作家是莎士比亚，在 17 世纪初，哈姆雷特可能是第一个真正意义上的“人物”。他不是英雄，而是个优柔寡断的人。他会反思，也会犯错。他充满了怀疑。我认为，怀疑是产生现代性的条件之一，甚至是核心条件。而《荷马史诗》中的人物，比如奥德修斯，就从不怀疑他自己是个战士。日本文学中的人物一样没有任何怀疑。因此，学着在文学作品中呈现我们自己，是一个漫长的过程。

至于 19 世纪，我有一个观点，在英国文学传统中，18 世纪的小说里也有人物，但这些人物并不完全具备主体性。我认为我们可以就这个观点展开一些争论，毕竟在这之前已经有了哈姆雷特。还有简·奥斯丁，她创造了第一批真正非凡的人物。接下来还有福楼拜，包法利夫人是得到最深入研究的人物之一。还有安娜·卡列尼娜，《安娜·卡列尼娜》的故事发生在 19 世纪，也有对人物的精彩挖掘。因此，我们是幸运的继承者。描写人物的技巧，还需要一种意识。方便起见，我想说这种意识始于《哈姆雷特》。在我们的传统中，小说中的许多人物都代表着某种美德或者恶习，哈姆雷特则没有，他实际上是个真实的人。从这个人物诞生起，我们就一直为他着迷。

我认为，现在即使是儿童读物里也有人物，而且不是简单的二维人物。我注意到，在我读的每本小说里，包括你的小说里，人物的人性要素都显而易见，哪怕我们之间横亘着文化鸿沟和巨大的历史差异。你笔下的人物很真实，我想这也是我被你的小说深深吸引的原因之一。这些人物的形象十分饱满，他们的个人生活能让我立即产生共鸣，我们所有人都能产生共鸣。这是一种共同的语言。我认为这一点至关重要。我认为，即使在最伟大的电影、最伟大的戏剧作品中，也很难像一部 400 页的小说那样去表现人物，人们还没有找到方法。你可以连看 12 部很长的连续剧，我也会沉迷其中，但就是没法体会到深入人物内心世界的感觉。这一点太重要了。

张悦然：《钢琴课》围绕罗兰和他的钢琴老师米里亚姆展开的部分可能会让人想起《儿童法案》。也许是因为这两部小说都探讨了徘徊在道德边缘的危险，并有效地描绘了儿童的极端脆弱性。罗兰并没有像《儿童法案》中的亚当那样遭受毁灭性的命运，然而有些伤害是无形的，这件事确实改变了他的人生轨迹。我们不妨设想一下，如果当时他们的婚外情被发现，法律会介入，罗兰就必须指控米里亚姆，也许就不必逃离，但他受到的伤害会少吗？也许不会，也许他会受到更大的伤害。你让罗兰选择不指控米里亚姆，保留了他们之间关系的模糊性和复杂性。然而，这是只有成年的罗兰才能处理的事情，在这个过程中，时间起到了至关重要的善意作用。将这部小说与《儿童法案》，以及你早期涉及儿童的作品放在一起看，你始终在展示儿童如何在不知不觉中跨越某些界限，冒险进入禁区——在这些情况下，成人的干预、法律的干涉，或坚持明确的道德界限并不一定是好事？

麦克尤恩：我必须做一个基本的澄清：法律存在，而人们因为罪行受到惩罚。我不是说人们不应该因为虐待儿童而坐牢。

罗兰的情况要复杂得多。我之前说过，他花了很长时间才从外部看清这一点。对罗兰而言，古典音乐永远地与米里亚姆联系在一起了，所以他选择了出走。他的生活被扭曲了。他没有成为钢琴家，没有完成学业，也没有上大学。他没有被毁掉，但生活走上了另一条轨道。他对爱和性有如此敏锐、如此深刻的体验，很多年来生活都躁动不安，一直在寻找可以与之匹敌的东西，但没能找到。

因此，无论身处哪段感情，罗兰都会有这种感觉：也许还会有更好的、更重要的、更激烈的。换句话说，他变成了十四岁到十六岁这两年人生的受害者。他想要这种包裹一切的、完全的、彻底的沉浸感，而这在现实生活中无法实现。因此，从这个意义上说，罗兰已经接受了自己曾经陷入爱情的事实。虽然当时还不够成熟，但他确实爱过米里亚姆。她是一个非常强大的人，不仅懂得音乐和文学，还有足够的力量在情感层面控制他。他花了很长时间才准备去面对她。

现在，罗兰要面对米里亚姆了。我想谈一谈写这个场景时的情况。我认为，罗兰面对她的场景是《钢琴课》这部小说最重要的地方之一：我们在一生中会遇到很多无解的问题。人生的问题没有解决掉，我们要么忘记它们，要么允许它们成为自己的一部分。你可以把这想象成一种身体上的不便，比如跛足。你走路的时候，必须接受自己跛足的事实，你无法摆脱它，它无法被“关闭”。它变成一种负重，你必须在生活中背起来。

因此，我给了米里亚姆一个机会，让她从自己的视角来讲述那段时光。罗兰坐在一旁聆听，他是控诉者，但最后发生了什么？他累了，只是累了。他受够了，再也无法面对这一切，于是选择离开。什么都没有解决，什么都没有改变。他只能接受已经发生的一切。你知道，你没办法让它不发生。有个愚蠢的美国词“closure”（终止，闭合），根本没有这种事。在我们的生活中，如果失去了一个亲密的朋友、一个爱人，或者一个孩子，那我们就永远失去了这个人，人生不会止步，唯一的办法就是遗忘，忘记发生的一切。我认为大多数问题都会被遗忘，或者被重新定义，但它们仍然存在。电影和小说让我们相信万事总有结局，人们会在形式上要求一个结局，这样事情就解决了。实际上很少有事情能得到解决。

通常，当我知道接下来要写一个关键场景时，我会做很多笔记，就像大多数小说家一样。我提前一年就知道后边会有什么。当我写到这部小说的第 50 页时，就知道也许明年或后年会写到罗兰面对米里亚姆的情景。但首先，我必须先写到那里，也许得写上十万字吧。但这次我没有做笔记。所以，当五十五岁的罗兰去按米里亚姆的门铃时，我也按下了门铃。我不知道会发生什么。我不愿意去想。每次念头出现，我就想："不，不，我只想按部就班去写接下来的事，一边写一边揭晓。"这对我来说是种有趣的尝试，有点像最新的人工智能，ChatGPT 或 OpenAI 这些，它们搜索互联网，寻找最有可能的下一句话。我就是这么做的，我不知道米里亚姆会说什么，也不知道罗兰会说什么，于是他就这么走进去，坐到了钢琴前。他会弹什么曲子？哦，当然是《午夜时分》。米里亚姆知道他是谁。然后我任由故事继续。我这样做，是因为我想让这个场景呈现出最大的可信度。我想成为这个场景中的罗兰。

我认为每个人都必须作出自己的决定。但在罗兰的视角下，他可以去报警，她可以去坐牢。他有足够的证据。他保留了所有的证据。米里亚姆已经说了："如果你起诉我，我会认罪。"她没打算逃避。她肯定会在监狱里待上四五年。罗兰感到，如果米里亚姆进了监狱，他对她的依恋会变得更强，当她进了监狱，或者说由于她进了监狱，她反倒会更强烈地留在他的生活里。她的自由始终是被剥夺的，罗兰几乎就是狱卒。所以罗兰作出了他的决定。其实并没有什么区别，他还是他，一切都没有改变。但对我来说，更重要的一层意义其实是，如果有人问："你已经七十五岁了，你的人生经验是什么？"我只能想出一些陈词滥调——要善良，要做个好人，要忠于自己，要抓住机会。很难说人生经验是什么，实际上我不知道，也没法讲给任何人。最愚蠢的一句话大概就是"做你自己"。这话毫无意义。"认识你自己"是德尔斐神谕里的一句，好吧，有些人能做到，有些人做不到。我们怎么能知道自己何时做到？我确实觉得现在比二十岁时懂得更多东西，但还是很难。我唯一的答案就是写这部小说，这就是我的答案，这就是我的经验。说到底，是经受打击，获得成功，遭遇失败，以及所有塑造你的东西全部积累起来的感受，但这不能简化为一堂课，它和钢琴课是两回事。

你不需要对其他任何人负责，仅仅是你和你的手在对话

张悦然：你在过去的采访里提到，会先写大概 20 页的初步构想，然后才开始。这一次也是如此吗？钢琴教师米里亚姆和钢琴课是你最先想到的东西吗？

麦克尤恩：是的，我会丢开电脑屏幕和键盘，把这些东西全都推开，或者干脆去另一张桌子上写。用笔和纸写作是一种解放，就像是清空了大脑。有时我会开始写一个不知从何而来的场景，往往写一段就没了下文。我把它留在那儿，翻过一页。有时我边写边想："哦，我会一直写，也许写个两三天，甚至一周。"我写下各种信息，尝试各种方法。我又翻过一页，写下了《钢琴课》的前五页。这一次，一切都不同了。我记得是用第一人称写的，是一种意识流的风格，但大体上就是小说现在的开篇：一个男孩在上钢琴课。我写的时候意识到那不是我自己。但在第二句或者第三句里，出现了一间钢琴室。我想，哦，那是我学校里的钢琴室。很

久以前，我在一所寄宿学校读书。到这里，我有了一个虚构出来的男孩和一个真实的房间，这为后边的 16 万字奠定了基础。

其中有些内容是自传性的，有些就完全是虚构的。我给自己制订了一个正式的计划。我设置好场景，写下大约 2 000 字。大概过了几周，我把写完的部分敲进电脑，这样就能在屏幕上看到草稿。转变发生了，我开始有了一种清晰的感觉。然后我开始修改草稿。我修改了时态，把第一人称改成第三人称，然后加入更多的标点，这样它的可读性就更强了。接下来有一两个月我完全没碰它。我坐在那里，发现它就是不肯消失，还在继续困扰我，在我脑海里徘徊，我想，好吧，我现在要去写一章了。于是我写下大约一万两千字，整个故事的基石就此确立。我找到了一些东西，知道这是有可能实现的。我做了不少带有怒火的笔记，一直想要找到自由。就是那种感觉，你突然觉得，啊，我在这里是自由的！小说几乎就像一辆车、一匹马，载着我前行。

这就够了，我终于感觉到了自由，我可以活在这部小说里。上述过程可能需要三四个月。到这种时候我就知道，我要写的确实是眼前这部小说，而不是另一部小说。这就像决定去结婚一样。没错，我知道这就是对的人，可以信任这个人。我将在这部小说里生活。你知道的，要花两年、三年或者四年时间。没人想浪费时间。没人想投入明年就会放弃的东西里，这就是我谨慎作决定的原因。我真的要写这部小说吗？是的，没错。开始的时候会很慢，但那种自由很可贵。我喜欢用电脑做文字处理，我觉得电脑是作家的绝佳礼物，可以把东西保存在里边，几乎就像人类的记忆一样。它就在那里，而且它的准确性是人类记忆无法比拟的。它的保密性也很好，你可以把东西存放在某个文件夹里，没有人能看到。小说每天都在生长，它是你的，不是别人的，别人都做不到。我喜欢这一切。

但还有另一种感觉，就像是回到童年，手里拿着笔，眼睛、手和大脑都拥有某种自由……就像是在纸上思考。你不需要对其他任何人负责，包括出版商、编辑、朋友或者妻子。仅仅是你和你的手在对话。对我来说，这种感受仍然是至关重要的。因此，在手写和敲击键盘写作之间来回切换是我的乐趣之一。这是两种截然不同的模式。手写是一种在纸页中创作的存在模式。对我来说，这是一个有趣的过程。

我常常想，两年过去，这个世界出现了我从未想到的人物、从未想到的场景，而我也可能根本没有想象出这个世界。但我确实设想过这片空间能够赋予我多大自由。这一切都太神奇了。如果你曾在公开场合解释自己身为作家的感受，就一定会有和我一样的感觉，怀疑自己在撒谎，或者只是在编故事。人们会问："你的灵感从何而来？点子是怎么产生的？"我却不知道该怎么回答。但是，我可以谈一谈是什么给了我一个场域，给了我自由和可以产生灵感的空间。就是这个艰难的过程——我应该与这本书缔结良缘吗？这些素材可以吗？这本书适合我吗？我能在一个较长的时间范围内与之共存吗？一旦作出了正确的决定，你就拥有了自由。就像你刚刚给我讲了你正在写的小说。连我都能看出来，它是对的，我也感觉到了那种自由。当你描述它的时候，我感觉到那绝对是个你可以自由发挥的空间，它能容纳各种可能性。

我确实想写一个非常普通的人

张悦然：但你为什么把第一人称改为第三人称？每次都会这样吗？你有很多故事都是用第三人称写的。

麦克尤恩：没错，这是个好问题。我有一本绿色的笔记本，在那本笔记里，我曾设想过，如果能写一部关于全球的大事件、各种危机、变局和历史变迁的小说，岂不是很有意思？这些可以成为一部小说的背景吗？但我不知道那会是一本什么样的小说。于是我写下了一些词：苏伊士危机、古巴导弹危机、切尔诺贝利、柏林墙。我只是写下了这些词，根本没想过小说是什么样的。

最开始，我还在犹豫是否要写这本书的时候，突然想："啊哈，这个男孩可以经历这一切。"于是我就把两个点子联系起来了。我希望能够自由地回放历史。为此，我需要第三人称的权威性。我不想让这个故事完全主观化。我想，这也是成年人的责任。已经有很长一段时间，我们这里流行太多非常自我、非常主观的第一人称视角小说。我已经读到厌倦了。我觉得有太多的年轻作家没有承担起为世界命名的责任。这似乎是急于辩解的一代人，他们说："好吧，我不知道真相，但我知道我自己的真相。"而我会说："不，客观事实是存在的，你可以用 19 世纪伟大小说家或者现代主义小说家的方式来描述它们。"第三人称的伟大之处在于，它给了你写作的自由，让你可以用一种不受拘束的、直接的风格去写。你可以尽情描绘整个社会、历史背景和危机。

其实还有一个隐藏的角色，就是身居幕后操纵焦距的作者。我早期的一个出发点就是让作品不那么主观。一切都从男孩的视角出发，我用的是主观第三人称，而不是第一人称。这意味着意识流的内容要少一些，行文更加简洁，标点更多，动词也更多。人称转变的过程就是这样。这是个很容易作出的决定，很快就定下来了。

张悦然：罗兰和你的早年经历几乎一样。但是从遇到钢琴教师的那个时间点开始，你们的人生轨迹就岔开了，至少从表面上看是这样。但事实上，你和罗兰的差别还有很多。比如他没有你的才华。我留意到，近年你的小说中的男主人公变得越来越普通，你倾向于不让他们成功，甚至也不给他们太多的才能。在《我这样的机器》和《钢琴课》里，男主人公甚至都没有固定的专业背景，可以说，他们都有某种边缘性。为什么会有这种塑造普通男人的倾向？你如何在写作过程中，将他和自己完全区分开？

麦克尤恩：这是个很有意思的问题。我只能想到《我这样的机器》，这部小说里的核心人物是一个相当边缘化的形象。但那是因为我的主角是个机器人，想想看，他不是个普通的人类。所以我确实想写一个非常普通的人，而不是写一个神经外科医生。

但确实就像你说的那样。罗兰是某种外在的自我、平行的自我。从很多方面来看都是这样。就我自己的生活而言，我从十六岁时开始对文学产生了极大的热情。我读的东西越多，对文学的热情越高涨，就越能够意识到，文学和文学史仿佛一场巨型对话。任何人都可以加入这场对话，我也不例外。

与此同时，我再一次回到“自由”这个词上，我意识到自己从来都不想要一份工作。我其实做过不少工作，但它们就像罗兰的工作一样。高中毕业以后我做了四个月清洁工，不过当时我知道一年以后就要去上大学了。我在建筑工地干过，还当过园丁。我曾在一些很糟糕的新闻剪报代理机构工作过，那会儿电脑还没有普及，每天我们都要从报纸上剪下各种文章，然后归档。同样的活儿我也在英国广播公司干过。那真是份无聊的工作。说实话，我其实是放弃了那份工作，选择去做清洁工，因为我更喜欢待在户外，也因为到了中午就自由了。早上五点就得起床，但中午就可以回家了。当时我还是个学生。不对，不算是学生，当时我正准备成为一名大学生。无论如何，假如我没有成为一名作家，就会过上罗兰的生活。我会过一种边缘人的生活。

找份工作，这个想法或许和 20 世纪 60 年代末到 70 年代的氛围有关。我当时已经知道自己想要自由。后来我开始写作，发表了第一篇小说，然后立刻就知道，这就是我要做的事。我想过这样的生活，我想以写作为生。哪怕这意味着要做记者，或者为电视、电影方面的工作而写作，但我总归可以找到谋生之道。一开始，生活很拮据，但我几乎从二十二三岁开始就能以写作为生了。从那时起，我就一直享有这种自由。我知道这是种巨大的特权，是种美好的奢侈。任何一天，只要不想写作，我都可以去山里。没人会对我提要求。当然，现在情况有所不同，因为现在我要承担的义务远比二十岁时要多。但本质上的自由仍然存在，并没有办公室的束缚，没有这些东西……我就只是我。

因此，罗兰是一个外在的自我。他想成为诗人，但是失败了，他在旅馆的酒吧里弹钢琴，在公共球场教网球，并没有一份真正的职业。对了，他还写旅行相关的短文。从这层意义上说，我知道他很特别，但他并不出名，并不富有，也没有受过严格的训练，所以他只是个普通人而已。

这也是我一生中想要追随的东西。我写过神经外科医生，写过各种专业人士，因为在其他的小说里，我对各种工作都感兴趣。但在这部小说里，我想写……我不知道该不该用“凡俗”这个词。

罗兰确实过着由他自己审视过的生活，他很聪明，善于反思，他本质上是个正派的人，不会伤害任何人。他抚养了一个孩子。就连那个离开他后成为欧洲最伟大的小说家的女人，他也不去伤害。他被迫接受下来。他是她最伟大的读者。他被禁锢在这种境地之中……罗兰很生她的气，但他不得不接受。在柏林的时候，罗兰把她的小说带到旅馆里，开始阅读。他感到一阵可怕的沮丧和压抑，因为他意识到，她写了一部杰作，离开他是值得的。如果没有离开他，她就不可能写出这样的作品。而她就住在伦敦南部的肮脏小屋里。

我知道，我把自己的父母给了罗兰。那是我的父母、我同母异父的姐姐、我的哥哥……那是我的家庭画像。我把这些都给了罗兰。

他生命中所有的女人都是纯粹的虚构，但她们是我认识的很多人的混合体。罗兰无法对他生命中的任何一个女人做出承诺，因为他总觉得会有更好的事发生。我认为，这种感觉很像我说过的刚开始写小说的感觉。也许会有更好的想法出现，那你要不要继续写下去？如果你再坐两个月，也许会有更好的想法。你永远不会知道，因为一旦开始写这部小说，就等于抹杀了其他的可能性。它们只能等待下去。

我们会原谅离开的男人，却不会原谅这样做的女人

张悦然： 在小说里，罗兰不赞同那位声称个人道德与作品好坏完全无关的教授，他认为二者当然相关。这是否也代表你的观点？你是否认为，对于伟大的艺术家，人们应该在一定程度上降低对他们的道德要求？

麦克尤恩： 不是这样的，我认为这是无解的问题。有一些伟大的艺术家，他们对家人的所作所为非常恶劣，要不然就是政治立场令人作呕，是种族主义者、反犹主义者之类的，但他们创造出了非凡的作品。你遇到了自己崇拜的作家或者画家，读了他的传记，意识到他对自己的孩子是多么残忍，或者他的政治观点是多么卑鄙——这恐怕是最有趣的文学对话之一。

西方一直有一种试图抹除这些人的倾向，这真的很愚蠢。我们必须接受人性的复杂。所以，如果必要的话，我们可以爱一部作品，同时恨这位作家。但我们必须接受，这是人性之中不同寻常的奇特之处：一个可怕的人也能写出绝妙的作品，画出美丽的画，谱写出动听的曲调。

因为陀思妥耶夫斯基是反犹主义者，就该把他从我们的阅读书目里删除吗？首先，这是不可能办到的，因为这部作

品现在已经以无数种形态出现在互联网、书店和图书馆里，所以还是算了吧。但我知道有一种运动，尤其是在美国，致力于把作家从阅读书目中剔除掉。

这实在是发疯，这种做法拒绝了创造性思维的复杂性、丰富性和疯狂性。你不必认可那个人，你只需要认可——更确切地说是接受——其中的复杂性。我在小说里举的例子是美国著名诗人罗伯特·洛威尔，正如那位演讲者所提出的，洛威尔应该剽窃其他的书吗？不应该。但《海豚》是一部伟大的作品吗？是的。你没法解答这个问题，它根本无解。如果我们认为所有问题都可以解决，那就是自欺欺人，因为问题仍然不会因你而改变。无论如何，这是一部伟大的作品。

类似这样的话我已经说过很多次。有一位伟大的艺术家，卢西安·弗洛伊德，他是个杰出的艺术家，也是个绝对卑鄙的人。他虐待青少年，对同龄人也很粗暴。我其实并不认识他，但是有一次，我从一家餐厅出来，卢西安·弗洛伊德正往里走，我们都停了一下，望向对方，我说："啊！"那是我们仅有的交流。但他的作品极其优秀，他是那个时代最伟大的肖像画家之一。而且，他也是那种年纪越大容貌越好的人，到了老年时期，他脸上呈现出一种奇妙的观感，野兽一般，饱经风霜，充满野性，还有一种有些老人会表现出的奇特眼神，就好像他们已经身处另一个世界，已经启程离开，完全不在乎别人怎么想了。

与此相关的问题是关于阿丽莎的，也就是罗兰的妻子。他爱着她，她也爱他。这是罗兰最接近涅槃的时刻，他差一点赢回十四岁时曾经拥有的乐土，但是阿丽莎离开了他。我们会原谅离开的男人，却不会原谅这样做的女人，这就是我想写的。

想想你读过的男人的传记，很多人选择离开。至于女性，多丽丝·莱辛是个很有名的例子。她离开了自己的两个孩子，但你知道，不计其数的男人离开了他们的孩子。这很有意思，又是一个无解的问题。

到了阿丽莎生命的最后一刻，罗兰去看她，从我的视角来看，这又是一个重要的场景。阿丽莎做了截肢手术，她由于抽烟毁掉了自己。她一直在隐居，朋友不多，也不算亲近。她住在一座丑陋的房子里，但她有一个书架，上边放着最伟大的小说。她有大量的书，而罗兰没有书。对我来说，小说中有一个关键时刻，就是罗兰的车来接她走，而阿丽莎已经睡着了。罗兰走出房间，最后一次回望。他知道自己再也见不到她了。阿丽莎用她自己或者用她的书充实了罗兰的人生。但要知道，罗兰一直没能摆脱她，她一直都在。对罗兰而言，这是一次意义非凡的告别。他回过头去看她，然后做了我们都会做的事，那就是评估、比较他的人生和阿丽莎的人生。他要回去陪儿子、儿媳和两个孙女了。

这些人都是罗兰生命中至关重要的人物。他没有什么值得被记住的。他和其他人一样，只是个默默无闻的人。而她拥有这一切。谁的人生更好？我认为，罗兰度过了相当诚实的一生。他是个好父亲，他在很多事上失败过，但也仔细审视过自己的人生。而阿丽莎写了这么多书，仍然没有答案。她带着所有的遗憾离开了人世，尤其是曾经拒绝儿子的遗憾。儿子二十岁的时候曾敲响她的门，她的态度却相当恶劣。“……留点头发。”她这么说，“你是在接受癌症治疗吗？”

我知道很多人都在寻找自己的亲生父母。一个朋友曾告诉我，她是如何找到母亲的。母亲在她还是婴儿的时候就把她送了人。我的朋友突然找上门，出现在生母的家门口。这位上了年纪的老太太看到站在门口的人，知道那是她的女儿，却“砰”的一声关上了门。我创作这个场景的灵感就源自这里。

到底谁的人生更有价值？我没有答案

张悦然：我认为《钢琴课》可以被视为一部女性主义小说。小说中的两位女主角都有强烈的个人意志、力量，尤其是阿丽莎。在这部小说里，你非常支持阿丽莎的事业，没有给她设置任何障碍，她的前夫和儿子也能理解和支持她。但在现实中，如果一位女作家也这样做，她的运气可能不会这么好。她们所面临的压力可能会毁掉她们的事业，使她们无法达到阿丽莎那样的高度。你为什么没有试图去呈现阿丽莎遇到的困难或者挫败呢？你设想过她会失败吗？

麦克尤恩：嗯，我更感兴趣的是，她应当成为一个伟大的作家。因为大多数人……都办不到。

阿丽莎的生活相当悲惨。我是说，她没有朋友，没有快乐，就连她的出版商也不太喜欢她。罗兰和阿丽莎在柏林重逢，罗兰非常生气，但他还是让阿丽莎来看看儿子。她说，不行，我还有一本书要写。在那一刻，他怒不可遏。如果阿丽莎写出一本糟糕的小说，罗兰会好受很多。

从 1989 年在柏林的那次相见算起，直到阿丽莎即将去世，时间过去了 30 年或者 40 年，罗兰所做的一切都没有告诉她。

劳伦斯还是个小男孩时，阿丽莎拒绝回应他。劳伦斯发现自己有个很出名的母亲，可她从不回信，所以劳伦斯很生气，他不得不接受母亲是个坏人，或者说是个不讨人喜欢的人这件事。但她写的书很好看，所以他成了阿丽莎的忠实读者。他不喜欢见她是一个重大决定。

我其实愿意相信，如果一个人是真正优秀的作家，一定是因为这个人对其他人有一种深刻的理解和广泛的同情，因此，这个人不可能会抛弃孩子。这是个令人感到舒适的假设，但我并不倾向于这类令人舒适的假设。我想，不妨做一次思想实验，看看结果如何。在美学和专业层面上，它很有效。但它失败了，因为阿丽莎无法忍受面对儿子，哪怕她快死了。那么，到底谁的人生更有价值？我没有答案。

张悦然：好吧，但阿丽莎真的需要这样的孤独吗？我的意思是，正如你提到的，她没有朋友，也没有家人，她是个隐士。

麦克尤恩：对，她告诉罗兰，他是她唯一爱过的人。

张悦然：但这是一种牺牲。是不是女性作家所独有的？因为男性作家……

麦克尤恩：没错，男作家有情人。他们有更多的孩子，第二次婚姻，第三次婚姻，有女人照顾孩子，他们可以继续写作。阿丽莎要继续写作，就无法……你知道的，她只是一心扑在她的工作上而已。

张悦然：但她确实需要这种纯粹的孤独吗？

麦克尤恩：是的。不过我想她还是有一些熟人的。实际上，有一次罗兰看到一张照片，她在餐厅里，周围有不少人。我可以这么说吗？在小说里写这些的时候，我其实是在描述我的父亲。他有一些朋友，但都是和工作相关的朋友。他没有像家人一样的朋友。我的意思是，无论发生什么，无论是结了婚还是有了不同的生活，他们始终都在，始终是你的朋友，30 年，40 年，50 年……直到一个人去世。我父亲退休以后就没有朋友了。所以我觉得，这种情况其实很常见。和你相处融洽的人只是因为工作才跟你打交道。如果你不在那里工作，他们就不会成为你的朋友，如果你换了工作，去了别的地方，就再也见不到他们了。

美国作家库尔特·冯内古特发明了一个说法，来形容你生命中所有重要的人，他们就像家人一样。

我有一些朋友，很多都是作家，我们在出版第一本书之前就认识了。比如马丁·艾米斯，他现在病得很重……我们在一年之内出版了各自的第一本书。我们差不多同时结婚，差不多同时有了儿子，我们同时离婚又同时再婚。我们的人生……他就像我的兄弟一样。我可以一年见不到他，但他始终都在。你甚至不喜欢这些人，你并没有选择他们，但他们仍然留在你的生活里。他们对你很重要，这几乎成了习惯。

而她，阿丽莎，身边没有这些人。我猜她有熟人，经纪人、翻译、出版商、记者，等等。他们会来看她，诸如此类。但是亲密的知己呢？她没有。或许也有情人，不，肯定有！因为她对罗兰说过“你是我唯一爱过的男人”，她可没说“你是我唯一认识的男人”。对我来说，她的话是完全可信的。

我把你从整个宇宙中抹除了

张悦然：在这部小说中，阿丽莎差点儿获得诺贝尔文学奖，但最终被赫塔·米勒取代。你能否谈谈，阿丽莎的作品与赫塔·米勒的作品有什么显著的差异？

麦克尤恩：不，我不能。我对赫塔·米勒的作品还不够了解。

张悦然：我还以为你会说你不够了解阿丽莎的作品。

麦克尤恩：哦，阿丽莎的作品！我对阿丽莎的作品最贴切的描述出现在罗兰读她的第一部小说《旅程》那里。这部小说收到了评论。实际上，我本来还提到了那位德国评论家的名字，但后来决定删掉，因为他已经去世了。他是《法兰克福汇报》的主要书评人之一。所以，我只是比照我喜欢的书去描述阿丽莎的作品，这大概也是我愿意写的那种书。我认为这些作品具备历史意识，试图收集一些关于当下生活的感受，也就是此时、此地、此种政治条件、现代性和技术条件下的状况；这种作品具备强烈的道德意识，但不必将读者置于任何道德抉择或者道德困境之下；这类作品应当专注于人物。所以，我把自己喜欢的一切都给了她。

张悦然：赫塔·米勒呢？区别是什么？

麦克尤恩：我不评价赫塔·米勒的任何东西，因为无法评价。我不够了解她的作品。

张悦然：你随机选了她？

麦克尤恩：我确实是随机选的。

张悦然：是不是因为阿丽莎来自德国，所以你选了这位作家？

麦克尤恩：我只是看了眼名单，又看了看日期。因为故事里是有时间的，依照的是真实的历史时间。我肯定上网查过，现在不记得了，但毫无疑问查过。我选了个年份，看到获奖的是位女作家。好了，确实是女人，但并不是阿丽莎，就是这样。

我和菲利普·罗斯是朋友，还有约翰·厄普代克。每个人都说，哦，明年就是他们了，他们会赢得这个奖项。但他们从没赢过。说到底这是（文学界）最高级别的奖项，媒体会冲进家门，还有其他各种麻烦，得奖以后生活就不属于自己了。石黑一雄说过，有两年他的生活不属于自己了。所以，这并不好玩，真的。钱是赚了不少，但也有隐私和影响工作的问题。这种感觉令人厌烦，不过也会渐渐减弱。我想得一年，也许两年，才会逐渐被人们淡忘。石黑一雄绝对经历了一个艰难的过程。说真的，我不觉得厄普代克会享受这个过程。我也不觉得菲利普会喜欢。这种日子要是持续一段时间，他会把自己逼疯的。而索尔·贝娄在1976年获了奖，他就很喜欢这一切。我的意思是，他确实是个公众人物。

张悦然：看来不同的人区别很大。

麦克尤恩：是啊，如果有人会喜欢无休止地接受赞美的话。

张悦然：阿丽莎呢？

麦克尤恩：我不觉得这会困扰她。赫塔·米勒获奖她也没有意见。但是第二年她仍然没有获奖。还有，我们不要忘记，阿丽莎开始冒犯整个反主流文化，触发警告文化。她嬉笑着说："好吧，你可以通过手术把一个女人变成男人，但你永远不可能凭空造出一个女人。你需要两个男人才能造出一个女人。"这是一个多萝西·帕克式的笑话。阿丽莎马上就被抹除了，她的新书演讲被取消，学生们不再谈论她，就像J.K. 罗琳一样，她甚至收到了死亡威胁。

你还记得罗琳当时做了什么吗？有个慈善机构发了条推文，为非洲家庭提供清洁的水。这是一家非常好的慈善机构，但它在工作描述中说："我们为儿童、男人以及来月经的人提供清洁的水……"他们没有说"女人"（women）这个词。J.K. 罗琳说："我们以前有个词来描述这类人，是wumben吗？还是wimpund？要不然就是woomud？"她只是在开玩笑，以一种讽刺的方式说出"我们不能失去'女人'这个词"。实际上有些跨性别活动家想要丢掉这个词。而她，只是开了个玩笑，就收到了死亡威胁。网络上一片哗然。人们仿照她小说中的游戏所创造的运动"魁地奇"也改了名字。她被抹除了。这一切太不可思议了。简直可以写成小说。

我有个朋友是牛津大学一个学院的院长。他的一个女性朋友是另一个学院的院长。在牛津，每学期有一个晚上，他们必须穿上学术礼服。那个女院长说，有一天她坐在办公室里，一个年轻女生跑进来说，恐怕他们有很多人都不能穿礼服了，今年不能再穿了。院长问："为什么呢?"女生回答："这让我们想起了《哈利·波特》电影里的礼服长袍，那是J.K.罗琳写的，我们觉得不安全。"太蠢了。这个院长说："出去，离开我的办公室，去做点有意义的事。"我很高兴这话是一位女性说出来的——出去！你会意识到这是多么愚蠢的事。欧洲在打仗，我们要面对气候变化，有很多问题等着解决。认为学术礼服是由某部流行电影来定义的，这种想法实在是太蠢了。我有种冲动，想说："我把你从整个宇宙中抹除了。你太蠢了，不配待在这里。走吧，我现在就抹除你。"但被抹除的不是礼服，而是罗琳。经由电影，经由礼服。她完全没有安全感可言。

张悦然：我阅读这部小说的时候一直在想，你会不会嵌入阿丽莎的小说片段。毕竟模仿女作家的写作对你来说绝非难事，你在《赎罪》中曾为优秀的女作家布里奥妮捉刀，完成得相当出色。在《钢琴课》里，有那么几次，我感到阿丽莎的声音呼之欲出，但最终并没有出现。在《赎罪》《甜牙》这些虚构和真实交织的文本里，主人公是作家，你也并没有直接使用嵌套的文本。我们当然可以认为《赎罪》有一部分的作者是布里奥妮，但你没有言明，仍保留了文本的完整性。《甜牙》虽然在最后改变了作者，但这也是对整个文本的颠覆。也就是说，你不太愿意直接告诉读者，某个文本有两个作者，同时你非常在意保持文本的完整性。可以谈谈你为什么从不选择嵌套，而要坚持保持文本的完整性吗？

麦克尤恩：《钢琴课》是一部在形式上与《甜牙》和《赎罪》截然不同的小说。换句话说，我已经决定用第三人称写作，就像之前讲到的那样。在《甜牙》里，我们越过她，读到了她将要遇到的男人写下的小说，其中有些是我很久以前发表过的故事，有些是我笔记本上的故事。在这里，我决定保留我的叙述。在《钢琴课》里，我们也越过罗兰去看阿丽莎的许多小说，从第一部小说开始，直到最后一部关于德国总理的小说。很多德国记者对我说，请写出那本小说，写出那个手握核武器、从绿党转向社民党的女人。因此，我们可以充分了解，身为阿丽莎小说的读者会是什么情形。这就是我想要实现的。

我不想再次越过那条线，因为已经做过两次了。如果这次我让阿丽莎在最后揭示出她才是这部小说的作者，但与此同时，罗兰又在阿丽莎写回忆录时建议她不要写，并且从外部给出了很容易理解的论述，这就足够了，因为罗兰已经成了她的读者。在这个故事里，我一直和罗兰在一起，我不想越过那条线，不想让阿丽莎接手叙事。因此，如果我们要读阿丽莎的作品，我希望是通过罗兰的视角，或者说通过我们自己的视角。这样一来，我们对她的写作风格就有了一个清晰的概念。就是这么一个决定。

另外，我们已经听到了阿丽莎的声音，我们知道她是个什么样的人，经由她的明信片，经由她和罗兰的恋情，还有他们此前的婚姻、他们共度的时光，以及多瑙河三角洲的激情。我们对阿丽莎这个人有足够的了解，对她小说的内容有足够的印象。这样就够了。

最好的艺术来自一个开放的社会

张悦然：在这部小说中，你借罗兰之口，批评了西方美术馆里宗教绘画所占比重过大的问题，认为它们影响和限制了艺术的发展。前几年你来过中国，应该也参观过中国的博物馆和美术馆，宗教题材的绘画是比较少的，那符合你理想中博物馆的形象吗？你认为那是记录和书写文明的恰当方式吗？

麦克尤恩：不管是意识形态还是宗教，有时候它是唯一被允许的，是强制的——要知道基督教直到 17 世纪和 18 世纪都是强制的信仰，人们不可能说“我认为基督教的上帝不存在”，否则将面临流放，最起码会面临社会和职业层面的驱逐。最坏的情况是被关进监狱，甚至被绞死。我认为基督教是一种极权体系，它阻隔了许多探究活动。它极力想让人们遗忘从柏拉图开始的一众伟大古典思想家。我认为它对艺术造成了可怕的影响。

我可以自由决定罗兰这个角色，因此他所陈述的就是我自己的观点，比较极端。当然，我确实觉得有些宗教绘画很动人，尽管我不是宗教信徒。无论如何，能充分宣泄自己的情感是一种享受。当你在欧洲的美术馆里漫步，能看多少遍耶稣受难、耶稣诞生之类的画作？我看一会儿就会感到厌倦。

我们对 15 世纪伦敦街头住宅内部不够了解。正如罗兰所说，幸好有荷兰人，他们做出了精彩的突破，让我们看到当时的室内装饰。一些最美的画作描绘的是中产者或者农民生活中的平凡瞬间。荷兰黄金时期的绘画带来了一股新鲜空气，实在太棒了。

我对 20 世纪 30 年代的俄国绘画也有同样的看法，那些画作中乏味的社会现实主义、英雄化的农民、所谓的面向未来，全都是谎言。那个时候乌克兰正在经历饥荒，不计其数的人在死去。

最好的艺术来自一个开放的社会，在这样的社会里，人们可以信教或者不信教，但凭他们的心意。在古希腊，人们在四五个世纪里拥有这种自由。但一些伟大的古希腊无神论思想家，譬如德谟克利特、伊壁鸠鲁等人的作品却被我们遗忘了。他们被视为异教徒，被（历史）一笔勾销。基督教对好奇心和科学的态度就是这样。有一段漫长的时间，大概1 500年，人们不再能够自由探索太阳系和大自然。在很多方面，基督教都是一种黑暗的力量。另一个特点是，一个庞大的帝国，具有侵略性。

就中国历史而言，殖民主义下的基督教传教士，他们来到中国，将那些奇异古怪的观点灌输给其他人。西班牙帝国和葡萄牙帝国在非洲和南美洲做了同样的事。这是一种粗鲁、暴力、致命的强迫，它由一种宗教施加于另一种宗教。

现在我们都听《温柔耶稣歌》，但耶稣在西方帝国的扩张过程中并不温柔。耶稣是带着枪来的，成千上万的人因而死亡或受酷刑。因此，我对基督教毫无好感，我们那位国王在类似宗教仪式的典礼中加冕，对我来说毫无吸引力。我们乡下的房子里挤满了年轻人，我的儿子、朋友全都来了。对他们来说，加冕仪式根本无关紧要，他们不在乎这事，他们超越了“不在乎”。所以我不是无神论者，我超越了无神论。

我有时离开，然后又回来

张悦然：回顾你的创作生涯，有没有特别重要的转折点，或者特别艰难的阶段？

麦克尤恩：有，我以前也谈过这个问题，十年前我出版了两本短篇集——《最初的爱情，最后的仪式》和《床笫之间》。这些故事非常黑暗、幽闭，甚至有些变态。有些东西占据了我的思想，其中一小部分变成了这些故事。

到了《只爱陌生人》的结尾，我觉得我把自己写进了一个过于狭窄的空间，真的是这样，于是我暂时停止了小说创作。我写了一部电视剧剧本，然后写了一部电影剧本，接着又写了一部。我与一位作曲家合作，写了一部清唱剧，从根本上拓宽了自己的视野，进入了一个更加社会化、政治化和历史化的世界。我对科学产生了兴趣，所有这些东西都融合到了一起。

但我的小说已经形成了某种路径。这中间大约有五年的空白期。如何重新回到小说中去，写一些不同类型的小说，一些视野更广、更丰富的小说，具有政治、历史或者社会意义的小说，我陷入了某种危机。然后就有了那部名为《时间中的孩子》的小说。我想从政治视角来审视我们所处的时代，也就是20世纪80年代，撒切尔夫人的年代。同时我也在关注时间本身，关注它在小说中的作用。我在思考科学，思考它与人文学科的关系。所以我写了一部和以前不一样的小说。在某种程度上，我觉得自己像是做了一次学徒，进入了一个不同的空间，然后又回来了。从那以后，我开始转向内在，下一部小说的背景是柏林，讲述的是冷战时期的事。再往后是《黑犬》，它也跨越了更广泛的议题。

回头再看，那种写作对我而言是一次非常重要的学徒训练，我从中学会了如何去写，如何塑造事物。小说对我来说非常重要。但在《只爱陌生人》之后，我把自己逼进了一个黑暗的空间，几乎无法呼吸。因此，换一种形式学着写写剧本，从那时起，写作就成了我生活的一部分，起起伏伏，我有时离开，然后又回来。

张悦然：你现在正在写新的小说吗？

麦克尤恩：是的。我暂且认为它会是一部中等长度的作品，可能有十万字，也可能是九万字，大概就那么多吧。我只能透露，它的背景设定在现在，大致就是2014年和现在。

但这部小说是从26世纪的视角写的。

张悦然：26世纪！

麦克尤恩：对，四五百年以后。我假定人文学科和文学研究都还在继续，一位认真研究文学的学者，回溯四个世纪前，为我们这个时代的一位诗人撰写传记。不同的是，学者拥有互联网所记录的一切。每封邮件、每个App都在他的掌握之中。一切都是集中的，尽管社会并没有很发达，他们面临气候变化等一系列问题。活下来的是文学。这就是我设置的前提。

章宇：伟大的东西无迹可循，我们没有办法复刻

双雪涛 / 采访

去演一些不太有意思的东西，是需要一些信念感的

双雪涛： 你在贵州省话剧团工作过三年，舞台上的磨炼对后面的表演起了多大作用？

章宇： 表演层面的作用其实不大，影视表演完全是不同维度的东西。只是对我个人来说，那是蛮重要的一个阶段。去演一些不太有意思的东西，是需要一些信念感的。但是你说它在技巧上对后面演电影有没有辅助，那没有，甚至应该是完全割裂的，等于在演电影的时候又得重新建立一套东西。旧的东西，包括大学里学的东西，全都得忘掉。

双雪涛： 你大学学的是什么专业？

章宇： 我学的是戏剧表演，就是最传统的那一套苏式的

斯坦尼斯拉夫斯基体系。它跟电影表演也不太一样，其实等于舞台表演，完全针对的是舞台上的东西。

双雪涛：你学的时候相信那套体系吗？

章宇：当时没有参照，只有这条道，只能跟着它，只有这一种教材，也没有对比，所以就以为它是武林正宗。它确实也是咱们这边的武林正宗，不像欧美那边还有方法派、体验派等各种门派。

双雪涛：你是毕业之后分配去的贵州省话剧团，还是考上的？

章宇：有一个业务考试，也是“声台形表”的性质。当时是这样，贵州省话剧团来我们学校，先有一个选拔，我睡过了没去，就错过了。其实那次他们已经有几个备选的人了，然后会在团内再来一次复试。因为他们有编制，名额有限，我那年好像是三个还是四个名额，大概有十几个人想考。我后来就想办法去认识团长，当时他们正在排一个小品，准备在大学巡演。一进去也没有人帮我介绍，我就说：“请问一下，樊团长在吗？”当时他就站起来了，还以为是他们团里有谁在外面惹事了，我是社会上的，过来找事。他说：“怎么了？”我说：“我想来考试。”就是这位团长力排众议，我完全没有任何关系，也没有走任何后门，就是他认可我的业务，爱才吧。

双雪涛：你后来有没有再参与话剧表演？

章宇：有过。

双雪涛：现在你还会想去演话剧吗？

章宇：我不排斥，但其实我这些年话剧看得少。有一年去英国被深深地打击到了，先看完那些经典的音乐剧，然后去伦敦西区看那些比较先锋的话剧。当时看了一个《一九八四》，给震到了。我英语其实不好，而且当时还没看过小说，就直接给我看蒙了。他们的表演、在舞台上的说话方式和行为方式、整体的美学的呈现，领先我们所谓的先锋话剧至少五六十年。国内话剧可能也有好的，我没看着，但有时候他们会放一些预告片之类的片段，释放出只言片语，我一听见说话的那种腔调就没有兴趣了。英国前两年有部很火的《弗兰肯斯坦》，我也不喜欢，我觉得在使大劲，当然演员都有活儿，是我自己不喜欢。当时《弗兰肯斯坦》第一次来中国，其实找过我，我就没去。

那个东西是会上瘾的，聚光灯、每一个观众的眼睛，还有它们跟你形成的回路

双雪涛：所以其实你更喜欢演电影，或者更适合演电影，可以这么说吗？

章宇：我觉得我在舞台上还挺有表现力的，而且在舞台上跟演电影感受不一样，因为它是有即时反馈的。不管正反馈还是负反馈，它都是即时的、立竿见影的。

双雪涛：其实有人很迷恋那个东西。

章宇：那个东西是会上瘾的，聚光灯、每一个观众的眼睛，还有它们跟你形成的回路，还有笑声、掌声、唏嘘声。为什么说舞台演员都是征服者，因为他征服了这个剧场，征服了这个空间，在一场表演的两个小时之内，征服了所有来看戏的人。如果没能征服，挫败感也是很强的。比如这里应该有个效果点，但是没出来，舞台演员就会及时调整自己的状态，调整能量分配。

双雪涛：我看好莱坞早期有一些从舞台剧转过来的电影导演，他们特别讨厌电影的一点是电影拍完就凝固了，舞台上的表演却可以不停地修剪。有一个导演说他看了两遍成片，感觉应该给他塞一个拐杖，但已经塞不进去了，要是在舞台上就可以。

章宇：对，它不用马上盖棺论定，可能会逐渐老化，也可能逐渐强壮起来。但是电影也有一个舞台做不到的特点，就是电影记录的那一刻是不可复制的，这是电影的魅力，它把那一刻变成了永恒，即使是个错误。

双雪涛：比较像人生真正的经验，是吧？

章宇：对。其实电影也可以一遍遍来，比如说叶子落下来，你也可以找一个人去把它扔下来，但是当它第一次出现的时候，配合各种运镜，配合演员的某个情绪，那就是不可复制的。那一刻就是电影之神降临的时刻，非常美妙。

双雪涛：其实很多演员在成为演员以后，生活都会受到很多局限，所以相较而言，成为演员之前的生活可能更像生活，对后来的创作也更重要。你做演员之前那段生活的丰富性超过很多演员，你会觉得那是宝藏吗？

章宇：毋庸置疑，我能成为今天的我，和早年的经验完全没有办法割裂，而且确实很多养分都来自成名之前的经历跟体验。

但你还是在创作，还是在试图把一些你觉得难以置信的东西变得令人信服

双雪涛：其实我们俩有点像，你在体制内干了三年，我干了五年，是吧？其实体制内也有生活，虽然对你的表演可能没有什么，但它其实是一种生活。

章宇：是的，他们有他们的一套规则、一套语言、一套语系，然后你在那套规则里创作，只是创作的规律完全不一样，它的驱动跟它最终抵达的地方都不一样，但你还是在创作，还是在试图把一些你觉得难以置信的东西变得令人信服。因为真的有相信这套东西的人，我就得把“人”的那一部分演出来。我自己可能不信，但是有这样的人，就得去演他们的存在。我在这个语境下，让他们“人”的那一面鲜活起来，变得不那么刻板。

双雪涛：所以那段生活其实就像上班？

章宇：那时候除了排练，就是每周二上午去签个到，其他时间都是自己的。我当时最多兼职做四五份工。我在艺术学校教课，教五年级到六年级的孩子戏剧，他们到六年级有一个毕业会演，得给他们排戏。一共教了两届。然后我还在电视台做配音演员，湖南台拍的那种情景剧，贵州卫视把它买过来，要配成贵州话。当时没有那么多人，一个人派七八个角色，有时候你一个人配着配着，两个角色撞上了，然后变一下声线。有几年我还给贵烟集团的年终团拜会排节目。

双雪涛：你做这些工作主要是为了赚钱还是因为喜欢？

章宇：为了赚钱，谈不上喜欢。主要是正好能干这个事，我拿这份钱确实也心安理得。当时过得还挺好，虽然团里边的工资每个月好像就 1 000 出头，但是还有外边这些。

在电影里面，语言确实会赋予整个故事一种特殊的肌理

双雪涛：你有一些电影是讲方言的，刚才也说到了贵州话，其实小说里面也有地域性，你怎么看待这个问题？

章宇：语言还有地方的语言，我觉得蛮重要的，尤其是在电影里面，因为它是视听的艺术。在文学上我想到王朔，他的文字也是有声音的。如果我没有来过北京，也没有听到过北京话是怎么说的，那我看他的小说肯定是有缺失的，不能完全进入。他的作品口语化很强，很多字词如果你不知道他为什么这么写，读起来是会有些障碍。小时候读王朔让我对北京有种向往。回到语言，在电影里面，语言确实会赋予

整个故事一种特殊的肌理。因为普通话太普通了。但是普通话有一个好处，就是去地域性，有的故事本身就是刻意去地域性的，对吧？比如这个故事可以发生在所有的中国三线城市，因为现在整体上有一种趋同，包括饮食，你点开外卖，发现所有的店都差不多，哪款菜品火的时候也都是一样的。

双雪涛：如果电影想迅速地取信于人，让别人相信你构建的这个世界是真实的，说方言有时候就会更可信。

章宇：但是也会有反效果。近些年我也看到一些用方言的电影，反倒立马让我从观众席上弹开了。方言也得慎重使用。有好多影片为了强调某种戏剧效果，或者说为了让观众相信它构建的东西属于特定地域，就使用了方言，但实际上这个方言跟故事的内核没有真正的关系，跟那些演员也没有真正的关系。

双雪涛：你在表演的时候，方言并没有说得很刻意。

章宇：对，我在找那个度，不能太夸张。我之前还演过说河南话的角色。

双雪涛：哪个片子？

章宇：《斗鸡人》，我会尽量让角色自然地说出来，而不是呈现出一个强拗的效果。

要么就沉溺在那儿，其实也可以很享受；要么就挣脱、逃离，去一个更大的假象里

双雪涛：你塑造过很多小镇青年，这种角色其实是介乎城市和乡村之间的，好像处在一个边界上。

章宇：我的家乡贵州都匀在我小时候都不叫三线了，可能是四五线的一个小小城市，确实是在边界上。即使在整个贵州，它也是非中心的。不管是从经济还是从其他方面看，它都不在焦点上。这种“边界感”我从小就有，因为是在厂矿长大的，属于郊区，一个自给自足的封闭环境，有自己的幼儿园、小学、中学。当时其实是渴望去市里的，觉得那是中心。我是去重庆念的初中，我妈是重庆人，然后又回都匀念高中，后来又从都匀到了贵阳，等于去到了更中心的地方。小镇给人的影响是什么？无非是两种：在边界上，你要么想挣脱这个地方，去到一个中心；要么就是沉沦。几乎就这两种选择。摇摆也摇摆不了多久，你必须得选一头儿。要么就沉溺在那儿，其实也可以很享受，是吧？怎么活不是活呢？我当时在话剧团，看到那些国家一级演员、二级演员每天没戏排，打打麻将，也活得很好，受人尊敬。在某种身份的假象里边也可以活得很好，也需要很强的信念感。要么就

挣脱、逃离，去一个更大的假象里，去证明自己的价值，或者说找到一个身份。我从小就这样，从一个厂矿到市里，从市里到省会，到了西南的中心，又回到市里，然后从所谓的体制内逃离，来到北京，想证明自己。我一直想要挣脱，现在又想逃离北京。

双雪涛：去哪儿呢？

章宇：回到更偏僻的地方去，想从中心逃离。

北京有一种巨大的势能，潜伏在这儿的人特别有意思

双雪涛：北京让你不喜欢的地方是什么？

章宇：我之前特别喜欢北京，因为我干的这一行，最优秀的人都在这儿，很多有趣的人也都在这儿，一直猫着，准备出拳。北京有一种巨大的势能，潜伏在这儿的人特别有意思。先说它的物理特性，它的地域那么辽阔，同时在这个城市的两个人可能几年都见不着，然后再见面的时候又好像是刚见不久，它把时间的维度扭曲了，中间好多空白是可以折叠起来的。它还给了我巨大的属于自己的时空。我阅读量最大、食欲最旺盛的阶段都是在北京，我住在出租屋里那几年。我把《追忆似水年华》都看了。有一片特别大的真空属

于自己，可以默默修炼，就有点像《七龙珠》里那个“时间与精神之屋”，外边过了一分钟，里边已经过去一年了。那里边啥也没有，只能修炼。

双雪涛：不能在贵州，只能在北京？

章宇：贵州不行，我在贵阳那三年社交非常频繁，几乎每天在外面都有饭局。因为人跟人离得太近了，整个活动中心也太集中了，大家抬头不见低头见，叫你一次不来，叫你三次好意思吗？它就形成了一个旋涡，裹挟着你往里边卷，不太好跑出来。但北京就不一样，你可以在庞大的城市里稍安一隅，大隐隐于市的感觉。后来我不喜欢北京，也是因为藏不住了，目标有点大了。你一旦探头，后面就又进入那个循环，被推着，不太能有办法把自己择出来了。北京让我留恋的是人，可以形成某种共振的朋友，不是这个地方，不是它的资源。

先见山是山，然后见山不是山，再回到见山是山，你不能上来就是无知的状态

双雪涛：你在《我不是药神》里饰演的“黄毛”台词很少，很多时候是凭借肢体语言甚至眼神传达这个角色，这是

你个人更偏爱的表演方式，还是讨论后产生的结果？

章宇：是我自己的想法。他本来话不多，但我还是要求继续剔除台词，尽量更极致，语言做到最少，其实我是享受这种方式的。语言是我们人类沟通最重要的一个工具，最大的输出端口。看到某些喜欢的电影，我发现当这个端口被捏住的时候，另外一些感官就被放大了，另外一些表现力反而被突显出来了。这和那些特别伟大的默片还不一样，默片是因为技术限制，但在这种情况下，并没有谁限制你的技术，也没有人堵你的嘴，创作者仍然选择了一个语言最小化的表演方式。当这样的人物出现在我面前的时候，我发现语言之外的感染力突然被放大了，呈现给我的东西比说一万句还要多。有时候话一说出来，表达就坍塌了。我们说喜怒哀乐，这是后见之明，其实人的情绪是复杂的，人也远不只有七情六欲，七情六欲只是我们的归纳，我们现有的词语没法描绘人的某种复杂情绪，人在表露出情绪的时候，其实是一个“元”的状态，所以这也是影像的魅力。人会言不由衷，但很多时候我们的台词不够好。

双雪涛：首先得达到言衷，再达到言不由衷。

章宇：对，先见山是山，然后见山不是山，再回到见山是山，你不能上来就是无知的状态。

双雪涛： 我看一些资料说很多默片演员到了有声时代，就会觉得有些电影很偷懒，因为你完全可以演，完全可以用表情和动作来表达，但后来很多电影说得太多了。

章宇： 对。

双雪涛： 你是不是觉得说得不好还不如不说？

章宇： 好多事确实不用那样去说，但也有一类电影就是靠台词，比如昆汀的好多片子，台词是他的一种风格。那种也很有意思，只不过我们很少能写出那么好的文本。

双雪涛： 而且他的台词还真不是戏剧的台词，就是属于电影的，特别生活，这很厉害。这么多年来你看剧本，有没有觉得哪个剧本的台词很不错？

章宇： 有。我没改过词的只有两个片子，一个是《大象席地而坐》，一个是《东北虎》。很少看到文本那么硬的剧本。但它们的台词又都有点像是从生活里另外拎了一层起来。我只能去消化它，去想想我怎么把它说出来。

恰恰在你放下防备的时候，才会更轻松地笑出来

双雪涛： 你会想演一个伍迪·艾伦式的那种话特别多的角色吗？

章宇：特别想！我发现邵艺辉有点这个意思，但其实不好说她是伍迪·艾伦式的，我觉得这么说不合适。其实你看《爱情神话》也好，《好东西》也好，这些也是台词电影。这是一个咱们少有的类型。

双雪涛：这些和过往的喜剧电影有什么不同？

章宇：邵艺辉的笑点我认为是那种特别当下的、特别生活的，人跟人之间的某种窘迫、某种尴尬，然后激起了一些幽默的东西，不像别的一些喜剧故意要搞笑。她没有搞笑，她可以让人很轻松地发笑，我恰恰觉得这是很不容易的一点。恰恰在你放下防备的时候，才会更轻松地笑出来。当你告诉我这是一个爆笑喜剧的时候，其实我是有防备的，但她的电影没有说要干吗，没有给你一个预期，反倒能让人放下防备。

双雪涛：咱们聊聊电影的现状。为什么会面临这种状况？真的是因为短视频吗？还是因为疫情？

章宇：我觉得确实大家的阅读和观影方式在变化，主体的观众也在迭代。我希望它是阶段性的，以后还有触底反弹。我觉得人还是需要跟其他人接触的，还是需要一起去做一个有仪式感的事情的，这是我们基因里边的一个东西，改变不了的。大家总是需要 party，电影跟戏剧是另外一种形式的 party，只是现在大家的观影方式在变，而且确实我们也没有那么好的电影，把大家重新召回到party里来。人类就是需要狂欢，电影是一个小的狂欢仪式。

这种评判都是后见之明，但创作有时候是一种宣布

双雪涛：大卫·林奇说过，人生复杂至极，因此电影也应该是复杂的，复杂的影片更接近现实。你在选角色的时候会考虑复杂性的问题吗？大家都知道有的角色会很容易讨好观众，其实这种角色往往不是复杂的角色，因为它很鲜明，能够强烈地触动观众，但更复杂的角色可能有更大的表演空间。这也是我很想探讨的一个问题，当你说一个角色提供了表演空间的时候，你说的是什么东西？

章宇：工具性或者说功能性的角色，出场是有明确任务的，是衬托、辅助还是推动，总有一个明确的戏剧任务。这种时候你说，它有没有空间？当然是有空间的，空间是一个相对概念，有一平方米的空间也叫空间，榻榻米也是空间，对吧？但其实我认为，所谓的表演的空间是指演出来可以有多义性，就是说这个人的情感和行为不能被轻易定义，不是因为他恨所以去杀人，不是因为他爱所以去奉献。有表演空间的角色不用被简单粗暴的因果关系，被单一的因果链去

定义。

双雪涛：逻辑上比较暧昧。

章宇：逻辑上一定得暧昧，一定得混乱，如果说逻辑上是特别清晰的，其实它就是单调的。

双雪涛：我们可以举个例子，比如说《出租车司机》里德尼罗演的那个角色，你觉得他是暧昧的还是清晰的？

章宇：特别暧昧，只是他从外部看貌似是清晰的。我们可以回看他照镜子那场戏，如果说他在镜子前对自己说话的时候，给了自己一句不同的反馈，也许就会导致不同的结果。或者说在那场他完全沉溺于自我的戏里，有一个外来的东西、一个偶然打破了它，可能也不会导向这个结果。因为他在对着镜子的那场戏里完成了自我的一个叙事，所以我们会觉得他最后走向毁灭变成了一个比喻。其实当我们简单地去评判一个人，或者一种行为、一段经历，这种评判都是后见之明，但创作有时候是一种宣布，是创作者的一种宣布，诗歌、当代艺术都是这样的。

比如说一个作者，或者说一个导演，他对人物会有某种明确的定位，是吧？但是当一个具体的演员来塑造这个人物的时候，要把人物变活的时候，又会让这个人物尽量不僵死在锚定的坐标上。哪怕我是在一部类型片里面，演一个工具性的人物，我也会夹杂私心，赋予他一些使之松动的东西，让他不被死死地焊在那儿。这可能是演员的角度，确实跟导演不一样。比如希区柯克的电影里边是没有演员的，用他自己的话说，只有模特。他只需要自己的就 OK 了，这是一种电影，布列松也一样，他们不需要演员有意志。你说他们能不能做出伟大的电影？他俩都已经做出来了。但是我问自己能不能去演这样的东西？答案是不可能，我受不了。就像交响乐团里的一个乐手，乐谱早就已经固定了，节奏、音符、音准都是锚定的，但即便在这么一个经典的范式之内，每个乐手演奏出来还是会有不同，有的乐手就是可以超越那个东西，就是不一样。

双雪涛：这也是你做演员的原因之一？

章宇：对，要做一个乐手，做一个演奏家。我不奢望像作曲家一样，直接在文本上表达，但我可以借你的文本来表达我的审美跟认知。

现在这个时代的演员正在前所未有地被审视、被观看

双雪涛：有一种很奇怪的现象，我在生活中见到你，你是一个人，但我用摄影机把你拍出来，你就会变成另外一个

人。演员的天赋除了自我表达以外，是不是也跟摄影机有关系？

章宇：其实不光跟摄影机有关系，它跟被观看有关系。因为摄影机有一种预设，就是它可能被将来的观众观看，这就说到表演的本质了。被观看的时候才会有表演。舞台也一样，如果下面没有观众，为什么演员也可以在上面表演？因为空空的座椅有一种预设，让你想象会有目光来观看。舞台的空间关系、剧场的空间关系决定了一个权力地位。

双雪涛：那些椅子就是观众。

章宇：对。为什么叫台上？为什么叫台下？为什么要有上下关系？聚光灯是打在哪儿的？观众席为什么是暗的？全都是一种预设。

双雪涛：现在这个时代的演员正在前所未有地被审视、被观看。

章宇：特别糟糕的是演员的私德也被审视，这是一个特别可怕的事情。这和对作品的审视不一样。我作为艺术家，作为创作者，创作出来的东西想让大家看，怎么审视都行，但不应该是演员本身。

双雪涛：而且一切都在涣散，每个人都特别涣散，信息也涣散得特别快。

章宇：对，这点也很可悲。小说至少是个体创作，几乎是个体创作，虽然最后也要面对编辑，但电影肯定是集体创作。大家可能用一两年的努力，好不容易捏成一个东西，然后它特别快地就涣散掉，消解掉了。它上映，然后被讨论，然后过去。

双雪涛：还有一个问题，大家都知道你对综艺，或者说这种面向大众的场合是非常有保留的。你是担心这种暴露会影响你的角色，对吗？

章宇：这是一方面，另一方面就是你的形象，也包括想法，都是有限的，你不能过多地去磨损它，因为你本身其实也没那么强大。一辈子能拍几部电影？你能在电影里、在作品里把它磨掉就是非常理想的状态了，因为作品拍多了，再演新的人物，观众也会更难进入（状态）。

我比我的任何一个角色都要复杂

双雪涛：有最像章宇的一个角色吗？

章宇：一个都没有。我比我的任何一个角色都要复杂。

双雪涛：有两种演员，一种是每次都在塑造一个新的人物，也有一种是更多展现自己的魅力，所有的角色都向其靠拢。

章宇：确实是两条路，但你有没有想到一个问题，会不会是因为后一种演员成功以后，所有找他的角色都是给他写的？

双雪涛：对，比如刚才说的德尼罗，后来演了一部《别惹我》，其实就是照着他的经典形象塑造的。这种演员，是不是他的每个角色也在微调，也在变化，但又有一个主轴、一套已经建立好的体系？

章宇：对，我觉得这一点问题都没有。莫奈画睡莲画了三十年，其实某种程度上我干的是一样的事，其实在我选择的角色里面，都能找到某种同质性。

松绑，逃离，挣脱

双雪涛：这种同质性，如果用三个词概括会是什么？

章宇：三个词……松绑，逃离，挣脱。

双雪涛：其实都是有关系的。

章宇：跟自由有关系，就一定跟束缚有关系。

双雪涛：林致光也是这么一个人，他也在逃离。这三个词能描述你自己的某一部分特质吗？

章宇：很大程度上是可以的，就像我刚才说到从小的经历，不停地想要松绑，想要挣脱，想要逃离，我的成长经历就是这样。但现在演的新角色好像完全不是，这个角色的关键词是依附、信任、追随。

双雪涛：很期待你的新角色。你演这种和自己离得比较远的角色，有什么感觉？

章宇：特别有意思，非常轻松。

双雪涛：你演的一些电影也有类型元素，这会影响你表演吗？

章宇：对我来讲，一点问题都没有。说回到表演空间大小的问题，类型片只是空间小一点，我明确地知道我的功能性，知道我需要完成什么，那就必须得去完成，对吧？或者回到交响乐的问题，我就是敲三角铁的，我在那个时间点敲就行了。你说我敲的姿势换一下行不行？行，但是节奏得在点上。所以其实还是空间的问题，只是说敲三角铁的人肯定在偏后面的位置，在远景处，要是第二小提琴手就是坐在前面的。它完全影响不了别的东西。给我一段旋律，我可以演奏，没有问题。

双雪涛：在现场你会看回放吗？

章宇：我会看。也分情况，我也可以完全不看。有的人看了回放就没法演了，杂念太多了，但是对我来说不一样，早期看回放对我来说帮助特别大，而且我得反复拉我自己的片，分析我的表演有没有哪里出错。

但“悲剧性”这个词太大了，我不想说

双雪涛：有你觉得遗憾的角色吗?

章宇：有，《风平浪静》剪错了。

双雪涛：这还不是你的错，是剪错了！

章宇：哈哈，其实肯定很多电影都有遗憾，但有一点，我对自己创造的角色，对我的表演是问心无愧的。有可能觉得哪个稍微差一点，那是因为我当时就那水平，就那心智和认知。我对自己给出的东西是问心无愧的。

双雪涛：你会被演员的被动性困扰吗?

章宇：会，越来越会。现在选项目考虑的因素更多了，不只看片子本身，因为有的片子也会被宣发伤到。比如《沉默笔录》，当年那是我在《我不是药神》之后接的第一个戏。推了无数剧本，接了一个不到300万投资的片子，演一个联防队队长。当时剧本有点问题，我也是刚进组就跟着一起改了一周。我就看中一点——李立忠是个极度悲剧性的人

物，但“悲剧性”这个词太大了，我不想说。我想找个更具体的词。如果说宋浩（《风平浪静》角色）那样的人还能弑父的话，李立忠无父可弑，找不到报仇的人，这个人也就永远长不大，永远被困在一个幼儿状态了。

双雪涛：那你现在接片都会想什么？

章宇：我会想谁来宣发这些，因为都会影响最后的结果。本来你一个演员，一个创作者，把你的东西做好就完了，但其实最后的叫卖方式直接影响你做出来的东西。我当时知道那部片子不是一个所谓面向大众市场的东西，也肯定不会成为一个票房爆款，我们在这上面没有期待，但我仍然期待它健康地抵达应有的受众。

双雪涛：但这方面就算你很谨慎地对待，其实也很难控制。

章宇：对，其实我到现在也没找到解决方式。当然导演是一部分，但很多时候导演在资本跟数据面前也完全没有话语权，他们有时候也很难，没办法。

你得一直相信电影，相信表演之神，盼着那个东西眷顾你

双雪涛：我有时候在剧组拍戏，看演员拼尽所有去塑造这个人物，但也只是里边的一环，有时候到最后会给你打一个大折，那感觉特别让人伤心。

章宇：但没有办法，做这个行业，做职业演员，这就是你必须承受的，必须过这一关。没有这点心理承受力，你就别干这么被动的职业。下次演，你还得调动所有，你得越挫越勇，否则干不了演员这行。你得一直相信电影，相信表演之神，盼着那个东西眷顾你，每次都得相信。

双雪涛：你看自己过去演的角色，没有想要从头重演一遍的？

章宇：没有。

双雪涛：表演也是创作，我们看到好多伟大的演员也会在某个时期遇到挫折，会止步不前，你觉得是不是存在一个可以不断进步的空间？

章宇：未必。“不断进步”是我们给自己的一个谎言，或者说是一根骗自己前进的胡萝卜，就像吊在毛驴前面的胡萝卜一样，是我们给自己的诱饵。其实更重要的是创作的过

程本身，这是我们给自己的一个佐证。我们真的越干越好吗？未必。

双雪涛：但要是按照时间顺序看自己的表演，还是会觉得在进步。

章宇：我是会给自己很多假象。

主题要弥散在每一场戏里面，不能变成一句台词或者一场戏，不能孤注一掷

双雪涛：我觉得你能够比较客观地看待自己的表演，这是假象吗？

章宇：当我们设立一个假象的时候，一定要告诉自己它不是假象。我觉得我演得挺好的，包括《风平浪静》，虽然说它剪错了，不该把少年杀人放在前面。他们不够有信心，不相信国内的观众可以盯着一个无聊的人看。但隔了那么多年，我依然觉得这个片子拍得挺好，哪怕里面有很多瑕疵。《风平浪静》有一个问题是里面的意志太庞杂了，但我觉得还是挺珍贵的作品，因为很独特。然后我有一个体会，就是在这个环境下，主题要弥散在每一场戏里面，不能变成一句台词或者一场戏，不能孤注一掷。

双雪涛：其实我感觉有一些创作人还是会把表达凝聚在电影里的某句台词上，好像把这句话说出来就什么都有了。但是你刚刚这个说法我感觉很对，不能指望一句台词去救一部电影。你看希区柯克的电影，不会觉得有一个人说了一些台词就导致了整个事件的发生，肯定不是这样的。还有一个问题，现在你会觉得试错的空间小了很多吗？你一直在支持年轻的导演，支持更独立的创作，怎么去平衡做新东西和试错的成本？

章宇：现在在选择项目的初期，考量的维度确实会比以前多得多，以前我根本不管你是哪家的，怎么宣发，只会考虑文本，考虑内容本身。这些年被创作本体之外的东西伤害得有点深，它会直接伤害到作品本身，真的挺受伤的。都是我很喜欢的电影，我觉得它们应该更健康、更诚实地抵达观众。

双雪涛：我发现有很多发行人员，他们其实并不在乎这个东西，也不在乎创作者到底在干什么，他们最在乎的是这个东西能不能像老虎机一样哗啦哗啦（吐钱）出来，但事实证明经常是不可以的，还不如诚实。

章宇：还不如诚实。你去诈骗没几个有好下场，还不如老老实实。

双雪涛：作为演员，有没有过那种“整部电影就在这一刻”的决定性瞬间？

章宇：刚才也说到，有的戏，你会觉得它是浑然一体的，这种特别难得。从戏剧逻辑上当然有决定性时刻，但不是说它在电影性上有决定性。其实好多导演拍戏的时候，也在寻找这个时刻。上次我去王沐那里客串，他也说想要找到你说的那样一个瞬间，它可能会出现在某一场戏里，出现在某一个镜头的某一道光影里。其实我也有一个问题蛮想问雪涛，以前看小说，我有一个习惯就是在书里标出那些我觉得好的段落，甚至会摘抄下来，多年以后我可能只会记住那一两个句子。但现在我就不标，而且开始喜欢看那种没有值得标出来的句子的书。我想问，你在写小说的时候，会想要把某句话埋在一部小说里面吗？

双雪涛：刚开始写的时候会，现在不了。现在没有那么在意一两句话了。现在我也觉得，一部小说不是靠一点点东西决定的。你是谁，或者说你在这个阶段怎么思考，你拿出来的东西就是那么回事，作品反映了你这两三年的一种状态，它不会跑出去太远。有时候也能超常发挥，但基本上就在那个范围内。所以我喜欢写短篇，也是因为它经常能给我超常发挥的机会。你在这一段时间内状态奇好，就能拿到一个非常好的东西。但长篇是一个特别难的事，长篇其实拼的是你在这个阶段整体的想法和能力。

章宇：而且它有一点像上班的性质。

双雪涛：对，一部长篇首先要作家投入时间。你想象的所有东西其实都必须更具体。不像短篇，一个场景在脑子里出现一刻，把那一刻展示出来，读者就可以去联想了，长篇一定得想得特别清楚。作家相当于已经把景都布置好了，每天就在那儿上班，要长期在那种状态里，不能出来。我喜欢短篇，是因为我自己可以两星期写完，然后发给你，三五个小时看完，马上就能给我反馈。这也是我喜欢电影的原因，如果我是个特别热爱写长篇的人，可能就不会这么喜欢电影。

章宇：突然被你“壁咚”了，对，就是这种感觉！包括像电影上映，然后轰轰烈烈过去的整个过程，我觉得也非常符合我的个性，但就是会觉得很幻灭。比如说你做了一两年的东西，在三天之内就被消耗光了，而且可能完全不是以你想象的方式。

双雪涛：刚开始就会直接跳进一个游泳池，是吧？会觉得这是我想做的事，但现在也会想一想。

章宇：你不可能不想，因为就是会受伤。以前拍地下电影的时候都没个盼头，我拍了好多片子，连一张盘都没有，没办法研究自己当时的表演。

双雪涛：都没法为表演鼓掌。

章宇：我的掌声缺席了我的电影。怎么能那么狂！我有时候是喝倒彩的。

双雪涛：你也认识演短剧的演员吗？演员之间有鄙视链吗？

章宇：完全不认识，但没有鄙视。我可以诚实地说，这个行业内肯定是有鄙视链的，但我没有，因为我发现谁有钱，谁好像就能更自由一点，我太想自由了。肯定没有绝对的自由，但谁的钱多，谁就能多一点点自由。我特别佩服那些能靠自己能力挣到钱的人。短剧我不看，但这不代表它没有价值，更不代表它的存在不合理。

一个完全舒展的角色是不值得书写的，他必须有被压抑、被扭曲的部分

双雪涛：商业片的生产模式可能是现在最好用的模式，但是当年我们看的那些片子，如果都按这个模式，有的可能就不复存在了，比如说《霸王别姬》这样的片子。现在任何

一个稍微有点脑筋的职业制片人都会觉得这个片子不能做，它的风险太大了。

章宇：你要用数据来考量的话，它根本就是入不敷出的，死定了，对吧？包括《活着》，不可能做出来的。

双雪涛：所以我觉得以后那种特别精美的、大制作的作者电影会非常罕见，因为现在这种机制越来越锁闭。以前那种请大明星演作者电影的模式，我觉得也难以为继了。因为现在的观众非常明白你是一个作者电影，是吧？请大明星也改变不了什么。像《本命年》那种片子，现在不可能存在。

章宇：你看《本命年》里的姜文多好，演得太好了，剧本也好。

双雪涛：我感觉你刚才在说挣脱的时候，实际上第一层是先降下来一个特别重的天花板，等于第一步是压抑这个角色，最后再有一个释放，或者说是一个报复。你有没有想过，角色身上的压抑是不是你一个很重要的感受？这些角色其实都在一个特别小的空间里？

章宇：是的。说白了，我觉得一个完全舒展的角色是不值得书写的，他必须有被压抑、被扭曲的部分。

双雪涛：如果这个角色就是为了表达舒展呢？

章宇：我觉得舒展得是一个过程。比如说绘画，伟大的绘画作品里有哪一幅是描绘舒展的？影像是时间维度的艺术，展示从舒展到收缩的过程是可以的，或者更多的是展示从束缚到舒展的过程，但这是一种浪漫主义的趋势，因为现实生活中没有谁真的可以舒展开来。

双雪涛：你塑造的人物，其实大部分没有获得最终的胜利。可以说反抗大都失败了。

章宇：死亡本身就是舒展。其实对我来说，角色死在角色里是最好的。我去年刚拍完一个剧，就是《雪迷宫》，我在里面最大的斗争是什么？就是我那个角色能不能死在结尾，死亡就是最大的舒展。如果你把他非自然性的死亡阉割了，你就把他阉割了，对我来说就是这样，他必须得死在路上。

双雪涛：我觉得它说明了你的一种美学观念。你的人物是个英雄，你对这个英雄的旅程的构思实际上是很完整的，刚才提到悲剧性，实际上悲剧性包含着他最后谢幕的方式。平庸地活着是不行的，他一定要获得自由。

伟大的东西无迹可循，我们没有办法复刻

双雪涛：你会反复看哪一类电影？

章宇：我现在食欲特别差，看书也少，看电影也少。实际上我以前反复研究过德尼罗，他是我唯一一个反复研究过的演员，比如说刚才谈到的《出租车司机》，我甚至研究了他在整个片子里面有多少个小动作。就是多余的表演，音准之外的表达，弦外之音。

双雪涛：多吗？

章宇：不多，我本子上都有记录，但这些都是后见之明，德尼罗可能根本就没有想过这么多，有可能是我们庸人自扰。但也没有问题，我在学习最喜欢的作品里的人物。我在研读它，分析它，我分析过有多少个音准之外的瑕疵。对，我可以说它们是瑕疵，因为那些都是没必要的，删除它们表演也是成立的。但就是那些所谓的瑕疵，所谓的弦外之音，让他变成了不朽，让他是德尼罗，而不是阿尔·帕西诺。

双雪涛：帕西诺也有一些小动作。

章宇：有很多，但相比之下设计感更强。我自己的观点就是德尼罗更自由。演得太好了。比如说，我感觉他俩有很多 freestyle，很多剧本里完全没有的，太厉害了。所以斯科塞斯才说《出租车司机》是他的作品，《愤怒的公牛》是德尼罗的，我觉得这是一个导演的格局。

双雪涛：有没有哪个导演的作品你研究过很多？

章宇：阿巴斯，我特别喜欢他。还有侯孝贤。阿巴斯影响了我对电影的审美，他打开了另一个维度的东西，我看了他的片子之后才去看达内兄弟那些作品。从这种表演里面，或者说从这些导演的调教里面，我看到了最伟大的人物。你看阿巴斯《十段生命的律动》，现在想起来我都啧啧称奇。就一个固定机位在那儿，那个女人跟小孩，那个职业女演员呈现出了所有职业演员里最自然的表演。

双雪涛：对你来说什么是伟大的表演？

章宇：我没有办法用几个词去总结，但我可以举出具体的例子，比如《十段生命的律动》里职业女演员的表演，那就是伟大的表演。

双雪涛：你觉得《教父》里白兰度的表演称得上伟大吗？

章宇：不算，那是教科书般的表演，和伟大有区别。

双雪涛：最伟大的东西不进教科书？

章宇：对，它明显是经过设计的。白兰度当然很牛，但其实我们仔细看下来，他的表演是有迹可循的。伟大的东西无迹可循，是没有办法复刻的。但凡能够循着踪迹去复刻，就不叫伟大了。伟大的东西摆在这儿，你随便抄，但是抄不着，这是我的理解。比如《愤怒的公牛》，多少人在模仿它的经典桥段，我都复刻过，能超越吗？我们要么就是拙劣的抄袭，要么就是拜服的致敬。

好的表演可能也救不了一部坏电影，它只能救自己

双雪涛： 你觉得希区柯克的系统里会诞生伟大的表演吗？

章宇： 没有办法诞生伟大的表演，但那是伟大的影像。如果把伟大降格一下，我们只说好的表演，那肯定是存在于很多差的作品里边的。

双雪涛： 说得好。

章宇： 比如我以前研究西部片的时候看过一个烂片，就是《这个杀手不太冷》里边那个演员演的。

双雪涛： 后来演《至暗时刻》的加里·奥德曼？

章宇： 对！他完全点亮了那部电影。我完全忘了那个烂片子在讲什么，但有一个镜头是他从酒吧出来，往街对面扫了一眼，电影突然就闪光了。那肯定是烂片，但（这段）一定是非常厉害的表演。我们刚才说一部电影是好电影，那它就一定不能有坏的部分，至少坏的部分应该很少，几乎不

存在。

双雪涛：所以坏的表演肯定不能出现在好电影里面。

章宇：对，一部电影如果有坏的表演，它就是一个洞，一下就被看见了。

双雪涛：但反过来，坏的电影里可以存在好的表演，因为这种情况太多了。有没有表演能救一部电影？你觉得能到这个程度吗？

章宇：救……可能救不了，好的表演可能也救不了一部坏电影，它只能救自己。或者说能拯救某一个观看影片的个体，比如说像我这样，因为一个镜头原谅了整部电影。

D

专栏

真正的食物

吉井忍 / 文

宫泽贤治在近代日本文学中占有特殊的位置，他是诗人、童话作家，又是农业指导者。1896 年（明治二十九年）他生于日本东北部岩手县的富商之家，幼时起和伯母一起诵读佛经，后来成为虔诚的佛教徒。他的青春期正值名为“大正民主”的社会剧变时期，故此他有机会接触到大量的西方文化事物，如大提琴和风琴。他收藏了不少西方音乐的黑胶唱片，也学过世界语。他自幼热衷于研究矿物，十九岁时不顾父亲的反对升入盛冈高等农林学校第二部，专门研究农业化学。毕业后，他有一段时间帮忙操持家业，随后他选择在花卷农学校担任教师。他十八岁时读到《法华经》，从此皈依日莲宗（法华宗），但其文笔并不拘泥于佛教，如后期的创作《风又三郎》或《银河铁道之夜》，作品处处体现出基督教的无偿之爱以及救赎。

他二十四岁时参加日莲宗的宗教团体“国柱会”，该组织后来给予战前右翼（如石原莞尔或北一辉）很大影响。但宫泽贤治的思想远超乎宗教的教义范围，他从农学校离职后创办的“罗须地人协会”践行为民造福的宗旨，带有一种社会主义因素，也包括了极为前卫的环境保护主义思想。他二十二岁起有五年时间秉持素食主义，而且他终生未婚，活在一种禁欲境界里。不过他并不讨厌和人接触，相反地，他非常积极地跟当地农民交流，并从科学角度给予农业指导。宫泽贤治这种义不容辞的责任感好似西方的“noblesse oblige”（高则任重）意识，也会让我想到新渡户稻造的《武士道》。

因为过度劳累和营养失调，宫泽贤治染上了肺病，1933 年（昭和八年）不幸早逝。在短暂的 37 年生涯中，宫泽贤治创作了 94 篇童话和超过千首诗歌，而在世时只出版过童话集《要求多多的餐厅》和诗集《春与阿修罗》，且均系自费出版。其他作品到 20 世纪五六十年代，在诗人草野心平等友人的努力之下才得以被发现，并获得广泛的赞扬和认可。

如今，宫泽贤治在日本是最具影响力的作家之一，他的

《山梨》等多部作品和他的传记都被收入了国语教科书，并被改编成影视、漫画等其他形式的作品。岩手县花卷市设有宫泽贤治学会，我打电话咨询时，一位年轻职员有些骄傲地说："我们的会员现在大概就 1 000 多人，但最多的时候有 3 000 人。在以单独作者为研究对象的机构之中，我们在日本国内依然算是规模最大的。"

该中心附设的图书室收藏了宫泽贤治相关论文、论著和书籍，目前一共有两万多部，且还在增加。这个趋势我在池袋的淳久堂书店也能感受到——书架五层全是关于他的研究和评论，内容涉及科学、自然、农业、宗教、心理或精神分析，每位作者从不同角度解读宫泽贤治及其作品，简直是百家争鸣。这似乎反映出生活在日本近代化的混沌过程中的宫泽贤治本人，就像"大正民主"引发了诸多思潮一样，也融合了不同的想法和思想，并在不同的作品中把它们展现了出来。

地震、东北

据这位年轻职员解释，宫泽贤治学会成员人数增加最多的两年是 2006 年（宫泽贤治诞辰一百一十周年之际）和发生东日本大地震的 2011 年。“（地震）之后的一两年，有很多活动或节目都会提及他的诗歌和童话。”东京的国会图书馆的地方报资料显示，《岩手日报》从 2011 年至 2013 年之间共有 35 条报道跟宫泽贤治有关，《岩手日日》则有 23 条，《盛冈时报》有 9 条，《读卖新闻》《朝日新闻》等全国性报纸也有近 20 条。以“透过宫泽贤治思考灾害”“镇魂和复兴”等为主题的活动中，被引用最多的作品是他的诗作《不畏风雨》。由此可以看出，这首诗所呈现的不屈不挠、坚守信念、奋力前行的态度，鼓励了遭受海啸及其后续创伤的人们，帮助他们重新振作起来。

一个聪明睿智、兴趣广泛的富家少爷如何潜移默化地变成我们所知道的“宫泽贤治”，或许跟日本东北这块地方有关。据他弟弟宫泽清六的随笔《哥哥的行李箱》所述，宫泽贤治出生第五天，日本东北就发生了大地震。在宫泽家所在的花卷地区，有 30 多栋房屋倒塌。这一年，日本东北自然灾害频发，6 月发生了 8.5 级地震，并造成近三万人死亡，次月又发生大规模水灾，洪水侵袭了花卷地区，300 多户人家受到波及。

宫泽贤治出生那天，他的父亲宫泽政次郎不在家。政次郎当时正在关西地区进货，他在开当铺之余，也做旧衣物的买卖。他乘坐开通不久的铁路线，先到东京，然后换乘东海道干线到关西地区。在大城市已经过时的服装，会先流向小城市，政次郎就把这些连小城市的居民都不要的廉价旧衣转卖到花卷。换句话来说，政次郎之所以能利用这样的方式生财，靠的是当时社会巨大的发展落差。之后在第一次世界大战期间，日本迎接“大战景气”，政次郎炒股票又发了一笔财，宫泽家发展到可称为豪门的规模。在高中升学率不到2% 的时代，宫泽家能够把两个孩子——宫泽贤治和妹妹敏——送到东京上大学，首先靠的就是政次郎如此的才能和财力。

包括宫泽贤治在内，宫泽家有四个兄弟姐妹，他们的成长环境（尤其在日本东北这个贫困地区）非同一般。随着农业技术的发展，日本东北地区到江户时代已经成为日本的粮仓，但这也意味着该地区的民众不得不被卷入到“大米至上”的经济系统中。日本东北时常发生暴雨、寒潮等导致歉收的气象灾害，故曾多次发生饥荒，大量百姓冻饿至死。尤其是 1783 年（天明三年）的饥荒，令日本东北损失了一半人口。即便到了昭和时代，日本东北的自然灾害问题依然严峻。宫泽贤治去世次年，暴雪和寒潮使日本东北六县的大米收获量锐减，只有往年的六成。当时不少农家为了还债卖掉了女儿，许多饥民客死他乡。日本东北不停地把人力资源和农业资源提供给以东京为中心的首都圈，这种不太起眼的互动关系和经济模式一直持续到了现在。偶尔，如大地震后发生核电站事故时，人们才会意识到二者之间的紧密联系。

妹妹

1918 年（大正七年）年末，宫泽家的长女、比宫泽贤治小两岁的敏染上了肺结核。那年，宫泽贤治刚从盛冈高等农林学校毕业，正在该校从事研究工作。得知妹妹患病后，他与母亲赶赴东京，待到了次年 3 月。当年敏还是东京日本女子大学的学生，虽然在这段时间没能上课，但因为之前成绩优秀，顺利获得了毕业资格。她康复后就职于母校花卷高等女校，负责英语课和家政课，也会帮宫泽贤治誊清文稿。不料，三年后她病情加重，宫泽贤治在 1921 年（大正十年）秋天收到妹妹病危的通知。当时他因为宗教信仰问题，和父亲发生冲突，并远赴东京。得知消息后，为了陪伴妹妹，他决定回到故乡，同时在花卷农学校当老师。敏之后一直无法离开病床，于次年 11 月 27 日去世，年仅二十四岁。

敏和宫泽贤治从小感情甚笃。在众多亲人中，她最能理解宫泽贤治的文学之心，兄妹俩可说是拥有相同精神信仰的旅伴。她的死亡给宫泽贤治带来了沉痛打击，贤治接连写出三首悼念诗《永诀之朝》、《松之针》和《无声恸哭》。之后，他因过于悲恸，半年间无法动笔。1923 年（大正十二年）8 月，宫泽贤治开始独自旅行，一路向北，经过青森县和北海道，借助刚开通的稚泊航线[1]，在库页岛待了五天。这趟旅行的目的是拜访在当地开设分公司的日本造纸商，并为农学校的学生寻找就业机会。但从宫泽贤治所创作的组诗《鄂霍次克挽歌》来看，这趟旅行的主要动机是追寻敏的灵魂，他甚至希望能找到和妹妹通信的渠道。1924 年（大正十三年），诗集《春与阿修罗》由东京关根书店发行，该书收录包括组诗《鄂霍次克挽歌》及组诗《无声恸哭》在内的 69 首诗歌。

作为组诗的《无声恸哭》由五首诗歌（按宫泽贤治的说法，是“心象素描”）构成，包括描写敏临终当日情景的上述三首诗歌。其中给我印象很深的是当地方言。宫泽贤治用方言来转写妹妹的话语，如请求哥哥去取雨雪，对自然风光的怀念，在意无法洗澡的自己会不会有异

1 当时连接日本桦太厅大泊港（今属俄罗斯）与北海道稚内港之间的航线。

味……这些用方言写出来的句子，宫泽贤治有时以日文平假名表达，有时以罗马拼音来表达。譬如《永诀之朝》中在诗小节后反复出现的“あめゆじゅとてちてけんじゃ”（请你取雨雪来），和后续宫泽贤治急迫的心情构成对比，别具一种节奏音的效果。再来是“Ora Orade Shitori egumo”（我将独自前行），这一行句子给读者的冲击力远远超过标准语“Watashiwa Watashihitoride Ikimasukara”的表现力和语感。“terpentine”（松精油）、“荧光菌”或“那植物性的绿针”等新词，以及面向外面世界的学术性词语，和日本东北某一处的地方方言共存在同一空间里，宫泽贤治的心也仿佛没有定居点，漂泊于此方与彼方之间。他一方面渴望相信妹妹来世得救，一方面又急切地希望她能留在这个世界上。

《永诀之朝》是组诗《无声恸哭》中的第一首。开头是宫泽贤治为了满足妹妹的请求而奔走的情景。敏在临终时想要一碗水，并跟贤治说“请你取雨雪来”。贤治明白敏的请求背后的意图，察觉到妹妹的心思之后，他也下了决心。

今天
就要去远方的　我的妹妹啊

屋外正下着雨雪　异常明亮
（请你取雨雪来）

从淡红色的　更加阴惨的云
雨雪滴滴答答飘落下来
（请你取雨雪来）

为了在有着蓝色莼菜花样的
这两个破碗子里
装满你将食用的雨雪
我就像射出之后扭曲行进的子弹
飞奔到这阴暗的雨雪里
（请你取雨雪来）

自苍铅色的暗云
雨雪滴滴答答沉落下来
啊　敏子
值此临终之际
为了使我一生光明
你向我要求

如此冰滑的一碗雪
谢谢你　我勇敢的妹妹
我也会勇往直前
（请你取雨雪来）

在高烧与急剧的喘息中
你向我要求
从被称为银河或太阳　大气层世界的
天空所降下的最后一碗雪……

……两块花岗岩上
雨雪正寂静地堆积着
我颠颠簸簸站立其上
松枝上满是保有雪与水这两种纯白固体和液体的
晶莹剔透的冰凉雪水滴
从这闪亮的松枝上
为我心地善良的妹妹
采下她最后的食物吧
在我俩一起成长的岁月里
早已熟悉的这饭碗的蓝色花样

今天你也要与它永别

（Ora Orade Shitori egumo）

今天　你真的就要永别

啊　在那禁闭的病房的

黑暗屏风和蚊帐里

温柔而苍白地燃烧着的

我勇敢的妹妹

这雪无论选择何处

都极为纯白

这美丽的雪

从那样可怖而混乱的天空而来

（重生为人时

不再如此

只为自己的事痛苦）

对着你将食用的这两碗雪

我现在由衷祈祷

愿这雪变为兜率天的食物

不久之后　为你和大家

带来神圣的资粮

以我所有的幸福祈祷

宫泽贤治答应妹妹的请求，取来的雨雪盛在有着蓝色莼菜花样的两个用惯的破碗里，好似他就要最后一次跟妹妹一起用餐。这样想来，在开头部分，宫泽贤治为了妹妹奔走的模样也更加符合逻辑。在日语里表示“丰盛的食物”或“款待别人”的词语“馳走”，源自过去人们为准备食材而东奔西跑的状态。最后一口雪的优美清新、妹妹对轮回转世的决心（“重生为人时不再如此只为自己的事痛苦”）、绿色针叶的清香和雪水滴的存在感，虽然全篇以死亡为主题，但每个片段都如此直观、生动。死亡也好，今世也好，双方都没有凌驾于另一方之上，且双方皆为真实。接受世界的这种多重性并不容易，但宫泽贤治决心将这一切都揽入怀中。

冰激凌

宫泽贤治在《春与阿修罗》出版后，又数次推敲和打磨其语言。其中《永诀之朝》也有了一些改动，比如在最后一段，目前在中国比较普及的版本是“愿这雪变为兜率天的食物”，而在《春与阿修罗》初版中的写法是“愿这雪变为天上的冰激凌”。记得在高中时，我学过的是“冰激凌”的版本，估计是沿用了《春与阿修罗》初版的内容。《宫泽贤治全集 1》（筑摩文库，1986）也使用了这个版本。而“兜率天的食物”来自宫泽家所藏的《春与阿修罗》，其文稿中有宫泽贤治亲手写的修正内容。后来负责编辑宫泽贤治作品的草野心平也认为这版修正内容更能和后文“神圣的资粮”的语感对应起来。现在日本出版的国语教科书，有的沿用了初版内容，也有的使用了修改版。

那么“冰激凌”这个概念最初是从哪里来的？宫泽贤治的主治医师佐藤隆房的回忆录《宫泽贤治》中有这样一段描述：“花卷市曾经有过一家西餐厅‘精养轩’，这家餐厅提供冰激凌。有几次，我见过宫泽贤治在这里买冰激凌。因为他不骑自行车，所以总是在烈日下奔跑，给我留下了深刻印象。”当时（约在 1922 年），敏在家乡卧病在床已有一年，精养轩离宫泽家走路也才几分钟的距离。我想宫泽贤治买回家的冰激凌应该是给妹妹吃的。

在宫泽贤治写给父亲的信件中，也有跟冰激凌相关的内容。时间倒回 1919 年（大正八年）1 月 6 日，当时敏在东京养病。宫泽贤治一边照顾妹妹，一边每天写信向父亲报告她的病情：

> 前天和昨天的信件中得知您特别惦记着（妹妹）。昨晚（她的）体温有38.2度，没有胃口，只是很想喝水，不过体力还可以。于是经过医生的许可，作为米汤的替代品，给她吃了一点冰激凌。从外边把牛奶、鸡蛋和盐等都带进来，冰块和机器则用医院的，让护工制作，今后每天要给她吃这个。（她）还想要吃苹果，但这跟莲藕汤都没有得到（医生）许可。今后应该不会发烧，有望顺利康复，请您放心。家人最近可好？今天收到大家合写的明信片，特别感激。都到了年底的繁忙时期，我还这么长时间待在东京，实在过意不去。太郎和清六的英语这次恐怕无法照顾到了。请代我向大家问好。

日本人接触冰激凌的契机是1858年（安政五年）《日美友好通商条约》的缔结。为了批准该条约，当时70多名武士乘坐美国军舰赴美，在华盛顿和加州等地受到了热情款待。当时的菜单里就有“冰菓”（冰激凌）在内的各种乳制品。这款西方点心后来传到东京，接待国宾和外交官的聚会场所——鹿鸣馆也开始提供“牛乳油入冷菓”（冰激凌）。到明治时代后期，冰激凌已经在街头巷尾的咖啡馆普及开来。作家夏目漱石也爱吃这款甜品，“氷菓”在《从此以后》《虞美人草》《行人》等作品中均可见。他的次子夏目伸六在随笔《父亲漱石与他周围》中，详细描写了他们一家人是如何制作冰激凌的：

> 准备一个像茶叶罐一样的圆柱形锡罐，里面装上牛奶、鸡蛋等食材。把锡罐放在带铁箍的厚木桶中，在木桶里装满大量的冰块，再撒上盐，然后转动绑在外面的把手。这项活计可不容易，我们很贪吃，而这并不是小孩能做到的事。兄弟姐妹都挤到廊子里，热切地等待制作完成。有时连我的父亲也会突然从书房里走出来，把衣服脱掉后，赤身裸体地走进花园，一边跟我们说话，一边不停地转动把手。

我一直以为，宫泽贤治写给父亲的信中提到的盐是用来调味的，而读到夏目伸六的随笔才明白过来，那是用来降低冰点的盐。盐使冰块在融化时吸收更多的热量，从而让制作者获得零摄氏度以下的冰水，这样就可以在没有冰箱的情况下做出冰激凌了。

据宫泽清六回忆，研究过农业化学的宫泽贤治喜欢做化学实验，而与过冷却（液体在温度低于其正常冻结点的情况下仍然保持液态的现象）有关的实验是宫泽贤治的最爱。他曾经多次做这个实验给弟弟看。将硫酸钠置于距试管底部几厘米处，接着加水少许，慢慢加热直至完全溶解，然后把试管浸泡在冰水中冷却，使液体保持过冷却（或称过饱和）状态。这时候，该液体仍然像水一样无色透明。接着轻轻地将一小块硫酸钠放入其中，过冷却的稳态被打破，不久，几颗羽毛状晶体开始出现，随着时间推移，晶体向四面八方展开翅膀。“好美，太美了。”每次做这个实验，宫泽贤治都这么说。另外，“过冷却”一词也曾出现在宫泽贤治的短篇小说《因陀罗网》中。

通过化学手段制作的冰激凌，在《永诀之朝》中被宫泽贤治升华为“兜率天的食物”“神圣的资粮”。在写这首诗的一年之前，他照顾妹妹的同时创作了多篇杰出的童话作品，其中有一篇《要求多多的餐厅》，讲述的是两位年轻绅士的经历。这两位微胖的男子在打猎时迷了路，最终来到一家名为“山猫轩”的西餐馆，进入餐馆时需要遵守一系列奇特的规定。从这个故事中，能隐约读出作者由乡村视角对城市文明的理解，以及对有闲阶级的批判。然而，在这篇故事的序言里，他用更平易、真诚的文字向读者对“食物”做了一番解释：

即使没有那么多的冰糖，我们仍然可以品尝干净的微风和早晨美丽的桃色阳光。

而我还经常在灌木丛和树林里看到，最破烂的衣服如何变成最美丽的天鹅绒、罗纱和镶满珠宝的衣服。

我喜欢如此美丽的食物和衣服。

这些我所有的故事，都是森林、田野、铁轨、彩虹和月光带给我的。

确实，当我独自走在柏树林蓝色的暮光下，或者站在十一月的山风中颤抖时，我情不自禁地有这样的感觉。我只不过是，把不论怎样也只能这样的事情，按原样写出来而已。

因此，在这些故事里面，或许有对你有利的，也会有不起作用的，但这个我也分不清。会有让你摸不着头脑的东西吧，其实我也一样，一点都搞不明白。

但我多么希望，这些小故事中的几个片段，最终能够成为你纯净透亮的真正的食物。

大正十二年十二月二十日

宫泽贤治

这样看来，一年后敏在临终之际要哥哥去取雨雪，是多么完美的巧合。而宫泽贤治还说，这一切，如此丰富的故事和诗歌都不是他自己想出来的，而是大自然赋予他的，他只不过是把这一切写下来而已。他的领先性，在于看透了被束缚于个性和讲求原创至上的现代人的困惑，同时在给孩子们解释“真正的食物”的几段文字中，暗示了一条我们的救赎之路。

E 评论

迷影 19 世纪

肖一之 / 文

19 世纪 70 年代，英国摄影师爱德华·迈布里奇在美国富翁利兰·斯坦福的帕罗奥图农庄（现斯坦福大学所在地）里，借助 12 架高速相机拍下了飞驰中的赛马“西方”。赛马爱好者斯坦福雇佣迈布里奇的动机非常简单。他想要看清赛马飞奔的动态。在西方传统艺术里，飞驰的骏马常常被描绘成前蹄探出、后蹄腾空的样子，整匹马在空中拉成一张弓。斯坦福觉得这种画法有问题，他想通过高速摄影看到肉眼无法分清的奔马的动作。几经尝试之后，迈布里奇成功了。1878 年 6 月 15 日，迈布里奇在记者们的见证下又一次拍下了“西方”飞奔的动态，打消了公众对他的疑虑，也证明了传统艺术的错误。高速疾驰的奔马的确有四蹄腾空的时刻，然而腾空的马蹄并非前后分开，而是折叠在马腹之下。科学和技术破解了奔马之谜，一时成了大新闻。几年后，迈布里奇雇人把自己拍摄的奔马和其他运动的动物形象绘制在玻璃圆盘边缘，再把圆盘放置在强光之前，通过手摇把手转动圆盘，从而把运动的形象投影到幕布上。他管自己发明的这种投影装置叫作“动物实验镜”（Zoopraxiscope）。动物投影成了迈布里奇的系列公众讲座的卖点，更重要的是，迈布里奇的发明启发了爱迪生发明活动电影放映机（Kinetoscope）。以爱迪生的发明为基础，记录和播放动态影像的设备日趋完善，最后变成了我们熟悉的胶片放映机的样子。就这样，玻璃盘上绘制的奔跑踢腿的简陋动物形象召唤出了全新的现代艺术形式——电影。

19 世纪不仅为电影奠定了技术基础，它的文学和艺术同样是催生电影萌芽的基质。对早期电影而言，小说，19 世纪最重要的叙事艺术形式，自然是值得膜拜、学习的艺术先驱和灵感之源。苏联电影大师爱森斯坦甚至断言：“从狄更斯，从维多利亚小说中生发出了美国电影艺术最初的萌芽。”从早期电影大师大卫·格里菲斯的电影里，爱森斯坦到处都看到了狄更斯的影子，从格里菲斯在电影里运用的特写到其人物形象的塑造无一不可以在狄更斯小说中找到对应物。更重要的是，爱森斯坦认为电影艺术最基本的手法——蒙太奇，也源自狄更斯对格里菲斯的影响。在爱森斯坦看来，狄更斯的小说有一种特殊的叙事技巧，即小说是通过平行并置的多条情节线发展，而非沿着单一故事线前进的。阅读狄更斯的小说意味着读者要跟随人物进入不同的情节链条，要学会接受小说会随时悬置某一条情节线，转入另一组角色的故事。读者会“看着狄更斯的人物在最关键的时刻从视野里被擦除，然后再见到他们在平行的次级情节的链条中回归”。小说家 E.M. 福斯特甚至打趣说，阅读狄更斯，感觉像是被他在各条故事线之间“抛来抛去”。当这种打断和跳跃的阅读体验迁移到电影中，转化为视觉叙事的打断和跳跃时，它就成了蒙太奇。爱森斯坦的总结就是“格里菲斯通过平行情节抵达了蒙太奇，而带领他想到平行情节的人是狄更斯”！

狄更斯小说的确是 20 世纪早期默片时代的宠儿，他的作品曾 70 多次被搬上银幕。这似乎也在说明，狄更斯或者 19 世纪小说不光为新兴的电影艺术提供了故事的蓝本，也塑造了电影叙事的方式。然而以此为凭，将电影当作 19 世纪小说在新媒介时代的转生，只能是文学史家的一厢情愿。毕竟风格独特到被称为“无法模仿”的狄更斯，到底能不能代表 19 世纪英语小说的主流，本身都还是个问题。当英国批评家 F.R. 利维斯在 20 世纪中叶编订英国小说的谱系时，最初，他甚至是把狄更斯排除在英国小说的伟大传统之外的。利维斯斩钉截铁地说："伟大的英国小说家有简·奥斯丁、乔治·艾略特、亨利·詹姆斯和约瑟夫·康拉德。"利维斯不是不承认狄更斯的才能和影响，但他坚持认为狄更斯只是"伟大的耍把戏娱人的天才"。尽管利维斯后来也改弦更张，重新把狄更斯迎回了伟大作家的殿堂，可在他认定的英国小说的伟大传统（"获取经验的重要能力，一种在生活面前保持尊敬的开放态度以及突出的道德深度"）之中，的确很难找到狄更斯的位置。更重要的是，利维斯所认定的伟大传统的特质几乎都是很难单纯通过故事情节传达的。精细描绘人物的道德困境意味着要用细密的笔触照亮人物内心最幽深的沟壑，而这对默片而言是个大难题。看过早期电影的观众都知道，默片可以做很多事情，但再现大段的思考和内心情绪幽微的转变，这委实难为了依靠夸张动作传达情绪的默片。实际上，在默片时代，除了狄更斯之外的 19 世纪小说家大多是电影世界的失意者。威廉·萨克雷、乔治·艾略特，还有托马斯·哈代，都只有寥寥几部或者十几部电影改编，至于后来会被定期翻拍的简·奥斯丁或者夏洛蒂·勃朗特的小说更是渺无踪影。

早期电影热衷翻拍的另一位英国小说家或许会给我们提供别的线索，让我们可以从另一个角度探寻 19 世纪文学和电影的关系。除开狄更斯，在默片时代同样被翻拍了 70 多次的 19 世纪小说家只有福尔摩斯的缔造者柯南·道尔。侦探小说和狄更斯的多情节叙事的共同点就在于制造悬念，唯有作者手握全部的拼图碎片，追寻故事全貌的快感推动着读者一路向着结局飞奔。狄更斯和柯南·道尔在早期电影中的流行，不只是因为小说为电影提供了叙事蓝本，也因为这类充满悬念的写作本身暗合了早期电影的某些美学特征。

正如电影史上最著名的起源神话所证明的，早期电影并不指向内心，相反它更多诉诸感官的刺激。当卢米埃尔兄弟在放映短片《火车进站》时，据说最早的电影观众面对银幕上驶来的火车会惊声尖叫，甚至起身逃离座位。观众的反应突显的是电影之新，展示的是人面对任何一种新媒介、新技术时所必须经过的学习过程。就像这些法国观众所亲身示范的，人不是天生就知道该如何面对电影的，当银幕上的火车迎面驶来时，我们要学习压制身体的逃跑冲动，学习体会刺激，但不把刺激真正转化成逃跑的行动。正是在遭遇这些想象性的刺激之时，我们也坠入了电影营造的技术幻梦中。在电影学者汤姆·甘宁眼中，这个电影传奇也证明了早期电影的美学追求并不在于展示任何深度的内容，而在于夺人耳目、摄人心魄，所谓的“吸引”（attraction）与“震慑”（astonishment）。飞驰的火车也好，夸张的动作也好，早期电影的影像是投向观众的感官武器，是让人用身体的战栗换取快感的通道。安德烈·巴赞对早期电影的美学模式有更直白的说明，他认为早期电影人学习的叙事和表演模式其实源自他们的竞争对手——“马戏团、流动剧团和歌舞杂耍剧场”，甚至连演员可能都是从对手那里挖过来的。电影中夸张的动作、拙劣的表演不过是为了满足观众的娱乐需求，把观众从别的娱乐活动里抢过来而已。随着镜头离文学史的叙事越来越远，19 世纪小说在电影的发展故事中所占的比例就越来越小。生于 19 世纪的电影，最终还是要和 19 世纪说再见的。

20 世纪 30 年代，有声电影的出现彻底颠覆了默片时代的美学标准，20 世纪尚未过半，电影却已重生。它有了自己的传统、自己的大师和自己的经典，不需要再跟在舞台表演或者小说的后面亦步亦趋，而是成长为 20 世纪最伟大的艺术形式之一。正如本雅明在《机械复制时代的艺术作品》里提醒我们的，电影发展的速度和现代性的狂飙突进是同步的，“文学在几百年以来所经历的演变，在电影中则只经过十年的历程就实现了”。当电影的技术和技艺彻底离开19世纪之后，19世纪小说和电影的故事却并没有终止。19世纪小说固然不再是电影必须回应的艺术先驱，但它却一次次在大银幕上重生。电影对19世纪的痴迷，似乎还有另一重更复杂的故事要讲。

在电影和19世纪文学的再次相遇中，狄更斯不再是风头最盛的作家，反倒是在默片时代不如意的简·奥斯丁大出风头，一系列的电影和电视剧改编让奥斯丁小说一路到21世纪都是大小银幕的宠儿。电影人对奥斯丁小说的情有独钟，乃至奥斯丁小说本身在当代的广为流传，当然不仅仅是因为浪漫故事的粉红色吸引力。在电影和奥斯丁小说的遭遇里，藏着当代人和19世纪最亲密的联系。如何改编奥斯丁，如何重新想象19世纪，其实更关乎我们自己的时代。

以奥斯丁最后一本小说《劝导》为例吧。《劝导》讲述的是安妮·埃利奥特和弗雷德里克·温特沃思的故事，两人在安妮十九岁时曾有婚约，却因安妮的长辈觉得两家的家世并不相当而告吹。八年后，二十七岁的安妮重逢温特沃思，此时不光温特沃思成了海军高级军官，他的姐姐还嫁给了海军将军，旧日的障碍烟消云散。两人来回试探，最终吐露心绪，方知旧情未改，有情人终成眷属。安妮在奥斯丁作品的女主角中颇为特殊，作为小说叙事的焦点人物，她比此前奥斯丁笔下的女主角都要年长，她不再是不谙世事的少女，而是有着自己想法、清楚世间法则和后果的成年女性。正因为《劝导》讲述的是19世纪初的“大龄女性”故事，小说的关键词与其说是浪漫，不如说是隐忍和理智。绝大部分时间，小说主人公的情绪都隐而不发，直到临近结尾的第二卷第十一章才有了半遮半掩的互诉衷肠。

此时，安妮和温特沃思同在巴思城一家旅店里，在场的还有两人的各路朋友和亲眷，他们聚集在巴思，筹备另一对情人的婚事。安妮此时已经知晓了温特沃思和自己一样眷恋旧情，但是男性骄傲和英国人对表露情感的耻感都在阻止温特沃思对安妮吐露心声，安妮需要劝导他再大胆地靠近一步。屋中的两位长辈聊起了小辈的婚事，说起了年轻人订立长期婚约是多么不明智的举动，订立婚约却不知何时才能有条件结婚乃是极为不安全也不明智的行为，言下之意自然是婚姻大事还是得门当户对。这自然触动了安妮的心事。同处一室的另一位友人哈维尔船长也心绪不宁，因为新人之一的本威克船长原是他妹妹的未婚夫，结果他妹妹病亡不过年余，本威克就另结新欢了。他哀叹自己的妹妹不会像本威克这般迅速变心，说她天性就不会改变，安妮接口说道：“任何真正爱过的女人天性里都做不到。”两人就此展开了一番关于男人和女人究竟哪一方更忠贞的讨论，直到最后安妮说出了她能够当众说出的最大胆的表白：“我能宣言我的性别所能有的特权……无非是爱得最长久，即便生命或者希望都已不存。”当安妮和哈维尔船长在聊天时，温特沃思就在一旁的桌上写信，安妮所说的话句句是在回应哈维尔，却也句句是投向温特沃思的情感炸弹。终于，温特沃思再也忍受不了了，他匆匆留下一封短信向安妮重申自己不变的爱意，两个人终于跨出了最艰难的一步。

《劝导》之所以是“劝导”，这一幕功不可没。小说的题目指向的是书中的两次劝导，第一次是少女安妮在长辈拉塞尔夫人的劝诫之下取消了和温特沃思的婚约，第二次就是上文这一幕，成年女性安妮勇敢表白心迹，也借此劝说温特沃思鼓起勇气坦白自己的爱意。第一次劝导只是在叙事中简单带过，而第二次劝导则构成了小说的高潮，在两次劝导之间，少女安妮长大成人，也坚定了自己对世界的认识。纵然在小说的大部分篇幅中她只能静静聆听，悄悄在心中鄙夷周围人的浅薄，但是在小说最后，奥斯丁给了安妮 19 世纪礼貌规则之下最大胆的主动告白，让安妮在最关键的时刻从听众变成了先开口说话的人。安妮在小说结尾的主动正是《劝导》最动人之处，甚至让人觉得前面 20 多章都只是在为这一幕铺垫而已。安妮选择温特沃思，不是简单的少女的痴情，而是成年女性在比较各种可能之后做出的理智选择。无怪乎伍尔夫会据此认为这一幕“不光证明了简·奥斯丁恋爱过这个传记事实，也证明了她不再害怕说出自己爱过这个美学事实”。

那么改编《劝导》时，安妮劝导温特沃思的这一幕同样应该是不可回避的点睛之处吧？未必。在 1995 年罗杰·米歇尔执导的 BBC 改编版中的确如此。这个版本几乎是用视听语言逐字重现了小说文本，甚至还突出了安妮是如何利用这场对话劝说温特沃思的。阿曼达·鲁特饰演的安妮称不上漂亮（小说里的安妮也绝非大美人），但当她和哈维尔船长聊天时，她圆睁的双眼里流露着复杂的情绪。镜头先是在两人之间来回切换，而到安妮最后说出女人爱得最长久的宣言时，镜头拉到近景固定在她脸上，哈维尔船长只露出右肩头，仿佛观众是从哈维尔身后凝望着安妮。这正是温特沃思的视角。小说并没有详细描写温特沃思到底是怎么听安妮和哈维尔的对话的，仅仅通过温特沃思把笔掉在地上这个细节暗示了他并没有在专心写信。而在电影中，温特沃思不光弄倒了吸墨用的瓶子，好几个中景镜头还展示了他频频转向窗口，偷听两人说话的场面。电影改编把安妮的劝导由虚转实，用影像充填了小说勾勒的线条，切实传达了安妮突破19世纪社会规范限制，走出最勇敢一步的艰难。不过这个版本也并非没有向现代浪漫喜剧低头的时候——当安妮和温特沃思互相表明心意之后，两人在街头深情一吻，背后还有马戏团在游行，吹吹打打的乐手和小丑化身成为这对恋人幸福时刻的高光背景。19世纪的绅士淑女当然不会如此行事，浪漫喜剧电影怎可没有一吻定情。罗杰·米歇尔其实是此中高手，毕竟后来他还导演了《诺丁山》。

2007年ITV推出了亚德里安·谢尔高德导演的电视电影版《劝导》。或许是为了和BBC打擂台，ITV的奥斯丁改编都另辟蹊径，这一版《劝导》也不例外，它甚至放弃了旅店中的劝导一幕，改用了奥斯丁删改掉的第一版小说的结尾。在这一版结尾中，打破僵局、迈出表白关键一步的变成了温特沃思，而安妮自始至终都是隐忍温婉的闺秀，一直聆听着，在关键时刻从不主动开口。鉴于读者和评论家都一致认为奥斯丁改写的结局远胜初版，ITV选择已经被历史放弃的结尾，等同故意弃上驷不用，就为了显眼而改用步态诡异的下驷。这一版改编最有“时代特色”也最为诟病的场面就是当安妮读到温特沃思的表白信之后，萨利·霍金斯饰演的安妮在柔光下使出了浪漫喜剧女主角“必备的技能”——伴着激动人心的音乐在巴思城里跑得上气不接下气地追寻温特沃思。谁还在意 19 世纪初期的淑女敢不敢在大街上如此奔跑呢？奥斯丁小说的女主角当然可以自由奔跑，自由去爱。毕竟三年前的《BJ 单身日记》第二部已经证明了：音乐一起，跑就对了。客观地说，奔跑多少修正了小说初版结局里安妮的被动，重新赋予了她主动性，让她突然从唯唯诺诺的 19 世纪淑女破茧成为千禧年爱情喜剧最爱的敢爱敢恨的女主角。

等到了 2022 年，网飞又改编了一版《劝导》，导演是戏剧导演凯莉·克拉克奈尔，主演是达科塔·约翰逊。由奥斯丁小说所改编的电影，很少有能一上市就收获如此多恶评的。明艳的达科塔·约翰逊怎么都不像隐忍的安妮，更别说她还频频直面镜头，眉目生动地肆意点评周围的一切。等到银幕上闪过她拿着红酒瓶醉卧浴缸的画面时，观众终于开悟了，这哪里是奥斯丁的小说，这就是《伦敦生活》啊！《伦敦生活》自然很好，可借奥斯丁的壳拍 19 世纪的“巴思生活”却只能拍出个四不像。旅店劝导的一幕中，电影莫名其妙地安排温特沃思马上要出海，试图制造原作中并不存在的紧迫感。然而《劝导》是奥斯丁小说里为数不多有明确年份的小说，此时正是1814年，拿破仑已经被囚厄尔巴岛，前海军军官温特沃思已然解甲归田，哪里还需要出海？电影接着又让哈维尔船长告诉安妮，本威克船长的订婚对象正是路易莎·默斯格罗夫，而此前安妮还错以为路易莎和温特沃思恋情正浓。安妮大惊，镜头切到近景，给了观众好几秒时间细细欣赏她的惊讶神色或者演员约翰逊的夸张表情。在小说中，安妮和温特沃思各自与其他角色的感情纠葛到此时早已终结，安妮甚至对温特沃思的心意都已经猜了个八九不离十，早已没有惊喜，只有多方斟酌之后的试探表白。虽然这版电影安排安妮说出了书中向温特沃思表白的关键一句，但当她开口时，她全然不知温特沃思并没有爱上路易莎，劝导之意自然也无从说起，单纯成了伤情女子的痴情之语。回到电影里，此时一切障碍终于扫清了，温特沃思留下信件，安妮面对镜头泪流满面地朗读着温特沃思的信，音乐响起，安妮冲出门去，一阵好跑，追上温特沃思献上深情一吻。

从1995年到2022年，《劝导》改编史上最显眼的地方就是把“劝导”给改没了。奥斯丁小说中最关键的情节慢慢在银幕上让位给了浪漫喜剧的程式。奥斯丁笔下隐忍的爱情、七拐八绕的表白终究还是敌不过直白的一吻。不管原著党怎么大为光火，电影工业的选择就是把奥斯丁视作浪漫喜剧的蜜源，酿出一瓶瓶小甜水抚慰代代痴男怨女。奥斯丁粉丝在英文世界堪称人多势众，甚至于独得一份名号，唤作“Janeite”。围绕奥斯丁的出版和改编也衍生出一整套奥斯丁产业，而这个产业的核心吸引力正是爱情。奥斯丁写的是爱情不假，可她写的从来不是爱情如何冲昏了我们的头脑，而是围绕着婚姻和人生细密斟酌的选择故事。《傲慢与偏见》里恋爱上头后干脆私奔的小妹妹莉迪亚的故事就可以证明，不管不顾的爱情从来不是奥斯丁所赞许的。她思考的是每一个热恋中的人都最惊最怕却也避无可避的问题——爱情和物质，到底要怎么选。用著名奥斯丁学者黄梅的话说，奥斯丁“是在为那个正在生成发展、尚未彻底定型的‘现代’社会思量考究究竟什么是所谓‘幸福’，对人类个体来说什么是‘真正重要的东西’……换言之，奥斯丁的问题意识聚焦于她所面对的金钱时代中人究竟应该‘怎样生活’”。奥斯丁问题其实也是我们每一个人的问题。生活在 18 世纪与 19 世纪之交的她见证了现代的袭来，传统的社会崩解成原子化的个人，工商业的勃兴把人和人之间的关系简化成金钱的连接。在此之后，一直到我们的时代，每个人都必须在物质、精神、情感、道德之间挑挑拣拣才能拼凑出自己的幸福生活愿景。可站在更为现代化的当下，我们或许并不想总是在银幕上被提醒追寻幸福的艰难，生活已经够苦了，电影还不能造造梦吗？忘记小说家奥斯丁的野心吧，电影改编要做的是让我们回到被历史覆上柔光的19世纪，在一切都更慢更单纯更美好的旧时代去寻找当下苦寻不得的安定，在怀旧和浪漫两剂强效安慰剂的作用下，好好梦一场。或许这才是最近20年奥斯丁的作品改编背后的故事，也是我们忍不住一次次借电影梦境回到19世纪想体验的故事。

说到底，19世纪文学和电影的故事，其实就是我们的故事。要不要忠于原著或者如何忠于原著从来都是个假问题，每一次改编都是在努力搭建过去和现在之间的桥梁，我们看到的从来不是奥斯丁或者狄更斯的19世纪，而是我们的时代，我们的19世纪。